L'AGENCE LENOIR ET BLANC

C'est l'effervescence à l'agence de détectives Lenoir et Blanc ! À leur retour de vacances, **Edgar Lenoir** et **Amandine Blanc** trouvent leur boîte à lettres engorgée, leur répondeur téléphonique saturé et une longue liste de courriels. Nos détectives ont du pain sur la planche car, pendant leur absence, les malfrats n'ont pas chômé !

Vous allez accompagner Edgar et Amandine dans leurs enquêtes et les aider à traquer les coupables. Attention ! Les mauvais sujets ont plus d'un tour dans leur sac. Ils essayeront sûrement de vous embobiner. Examinez les déclarations des suspects avec le plus grand soin et scrutez les images jusque dans le moindre détail pour trouver l'indice qui vous mettra sur la bonne voie.

Edgar et Amandine vous proposent [illegible] es à résoudre en leur compagnie. Pour v[illegible] a de vous reporter à la fin du livre. Vous [illegible] z la page et ouvrez l'œil !

1

UNE MOUSTACHE QUI FAIT TACHE

En ouvrant ce matin la porte de son bureau, Mme la mairesse Marion Lapeyre a failli tomber à la renverse. Au cours de la nuit, une main inconnue a barbouillé le pompeux portrait qu'elle a fait faire d'elle-même en lui ajoutant une moustache disgracieuse. Outrée, elle téléphone à l'agence Lenoir et Blanc.
Amandine arrive sur les lieux du délit, contemple l'effigie de la mairesse moustachue et murmure :
– C'est donc ça qu'il a voulu dire !
Laissant Marion Lapeyre comme deux ronds de flan, elle traverse la ville au pas de course et sous une pluie battante. Peu après huit heures, elle sonne chez Hugues Ribouille. Ce dernier est le malheureux perdant des élections municipales et l'adversaire de toujours de la mairesse Lapeyre. Il a déclaré la veille en public qu'il ferait tout pour gâcher à la mairesse le plaisir de contempler son propre portrait, scandaleusement payé avec l'argent de la commune. Amandine fait part à Ribouille de ses soupçons. Il s'insurge et nie farouchement avoir défiguré le tableau.
– J'ai passé toute la nuit paisiblement dans mon lit, mademoiselle, jusqu'à ce que votre coup de sonnette vienne me tirer de mes rêves.
Malgré le désordre qui règne dans l'appartement, Amandine n'a aucun mal à constater qu'Hugues Ribouille lui a menti.

QUESTION

Qu'est-ce qui trahit le rival de la mairesse ?

Les enquêtes de Lenoir et Blanc

LENOIR ET BLANC

EN VOIENT DES VERTES ET DES PAS MÛRES

Écrit et illustré par
JÜRG OBRIST

Traduit et adapté de l'allemand par
SYLVIA GEHLERT

ACTES SUD JUNIOR

2

L'OR NOIR DE POVIDÉLIE

Sur la place du marché de Saint-Doux-du-Haut-Port, un groupe de joyeux voyageurs attend de monter dans l'autobus qui les emportera en Povidélie pour dix jours de vacances sur les plages blanches de la mer Noire.
Déguisé en touriste, Edgar est de la partie. Non pas pour se faire dorer au soleil, mais pour éclaircir un sombre trafic de contrebande de caviar. En effet, la Povidélie est réputée pour son trésor noir, le caviar, pour lequel les amateurs du monde entier sont prêts à payer des prix insensés. Acheté pour une bouchée de pain aux pêcheurs povidéliens et passé en cachette à l'étranger, le caviar fait la fortune des contrebandiers.
Tout laisse à supposer qu'une des personnes qui s'apprêtent à embarquer pour la Povidélie est liée à ce trafic. Edgar ignore l'identité de l'individu, mais il est bien décidé à le prendre en flagrant délit lors du voyage de retour. Mauvaise surprise ! Quand les bagages sont enfin installés dans le coffre du bus, Edgar constate que sur les dix-neuf qu'il avait comptés auparavant, il n'y en a plus que dix-huit. L'individu qu'il pensait épingler a dû le reconnaître et préférer s'éclipser.

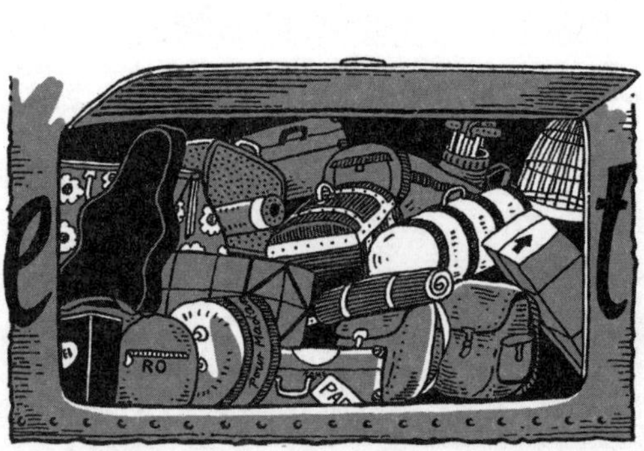

QUESTION

Quelle est la personne qui s'est fait la malle subrepticement ?

VOYAGES
RÉSERVÉ AUX AUTOBUS
PAR

3

L'ÉTERNEL FIANCÉ

Nicolas Bagodoy est un homme charmant qui fait tout pour plaire aux femmes, à condition qu'elles soient riches et à la recherche d'un mari. Chaque fois, l'escroc opère de la même façon. Il descend dans un palace, choisit une victime, de préférence une belle veuve fortunée, et lui fait la cour. Compliments, bouquets de roses, dîner aux chandelles, œil de velours et déclaration d'amour. Nicolas n'a pas de temps à perdre. Il demande alors à sa promise du moment de bien vouloir lui avancer un peu d'argent afin de pouvoir lui offrir une bague de fiançailles qui soit digne d'elle. L'élue ne se fait pas prier et lui confie, tout émue, une somme rondelette. L'escroc l'empoche et disparaît à tout jamais après un baisemain irréprochable.

Le hasard a voulu qu'Antoinette Daimpeau, la tante fortunée d'Edgar, croise le chemin de Bagodoy au grand hôtel de Jex-les-Bains. Sourire de séducteur, brassées de fleurs ; la tante se méfie et fait venir son neveu.

Elle lui fournit une description précise de l'individu : cheveux noirs, moustache abondante, lunettes, chemise blanche, veste noire, pantalon d'été blanc.

Edgar prend Amandine par le bras, et tous les deux se mêlent aux promeneurs qui déambulent sur le chemin du bord de mer.

– Voici le chouchou de ces dames, chuchote soudain Amandine. Franchement, je ne sais pas ce qu'elles lui trouvent.

QUESTION

Où Amandine vient-elle d'apercevoir Nicolas Bagodoy ?

SNACKS
HOTEL
DES BAINS
2
3

4

QUI DORT, DÎNE DANS LA VILLA NADINE ?

La police est sur les dents. Julot Bradassier, le redoutable casseur de coffres-forts, a réussi à s'échapper de prison. Des barrages routiers ont aussitôt été installés, la gare se trouve sous étroite surveillance.
Edgar et Amandine sont sceptiques quant au résultat escompté. Bradassier n'est pas tombé de la dernière pluie. Plutôt que de s'exposer aux contrôles de police en essayant de quitter la ville, ne préfère-t-il pas se tapir quelque part en attendant de se faire oublier ? Et quel meilleur endroit pour se mettre à l'abri qu'une maison abandonnée ?

Amandine se rend à la mairie pour consulter le registre des bâtiments promis à la démolition. Il y figure seulement une petite imprimerie et une bâtisse ancienne, la villa Nadine, toutes deux situées au fond d'un cul-de-sac.
Des traces de pas dans la pelouse qui n'a pas été tondue depuis un certain temps semblent indiquer que la villa a été visitée très récemment. Les deux détectives décident de faire le guet. Edgar prend le premier tour de garde. Il se cache dans l'imprimerie et s'endort !
Venue le relayer, Amandine le réveille à l'aube. Il est honteux et s'en veut ; elle le réconforte et lui fait signe de jeter un coup d'œil par la fenêtre :
– Regarde ! Quelqu'un a passé la nuit dans la villa. Je parie que c'est Bradassier.

QUESTION

Qu'est-ce qui a changé depuis la veille dans la maison abandonnée ?

....

5

MENACE SUR MARS !

Le professeur Nestor Bital reçoit Amandine dans son bureau de l'Institut de recherches spatiales. Il est atterré et lui demande son secours.
– Eh bien, voilà, mademoiselle, comme tous les jours, j'ai commencé mon travail au laboratoire de très bonne heure. J'aime ces moments de solitude que je peux consacrer à mon invention qui, enfin, est sur le point d'aboutir.
– De quoi s'agit-il, monsieur le professeur ?
– D'un véhicule tout terrain qui permettra aux astronautes d'explorer la planète Mars sans se soucier des problèmes de carburant. Comme vous devez le savoir, mademoiselle, il n'y a pas de station-service dans l'espace. Alors...
– Alors ?
– Alors, comme tous les matins, je me suis accordé un chocolat chaud à la cafétéria. Quand j'ai regagné le laboratoire, j'ai vu immédiatement que quelqu'un avait fouillé dans mes plans secrets. On m'espionne, c'est sûr.
Amandine interroge les trois assistants du professeur.
Voici leurs déclarations.
– Le secret professionnel est sacré, dit Hervé Nusse, et je le respecte.
– Les plans du professeur ? s'escrime Jules Pitaire. Même si j'avais voulu, je n'aurais pas pu les lire. J'ai oublié mes lunettes de lecture à la maison.
– Je viens seulement d'arriver, s'agace Homère Cure qui sirote son café matinal. Je n'avais même pas remarqué les papiers du professeur.
Il n'en faut pas plus à Amandine pour déceler l'espion.

QUESTION

Comment Amandine a-t-elle reconnu l'espion ?

....

INT
LAB
NUSSE
PITAIRE
CURE
BITAL
CONFIDENTIEL

6

DES CHIFFRES ET DES LETTRES

Le ferrailleur Anatole Rouyer est embêté. Une curieuse histoire vient de lui arriver. Il la raconte à Edgar et Amandine dans la cour de sa casse :
– Pas plus tard que ce matin à l'aube, une camionnette s'est arrêtée devant le portail. Un type en est descendu, un vrai colosse, et il m'a apporté ça.
Anatole Rouyer désigne un énorme coffre-fort avant de continuer :
– Il ne m'a pas demandé d'argent, il m'a juste dit que la police serait contente de savoir ce qu'il y avait à l'intérieur. Puis il a commencé à me parler du gang des Violettes rouges…
– Les braqueurs de banque ?
– Oui. Il m'a dit qu'il en avait fait partie, mais qu'il avait décidé de tourner la page, une fois pour toutes. Si j'ai bien compris, ce coffre contient de quoi compromettre les membres du gang. Si la police met la main dessus, ils sont tous cuits. Or, je n'ai pas envie d'avoir les policiers chez moi. Vis-à-vis des clients, ça fait mauvais genre. C'est pourquoi je vous ai appelés.
Edgar lit le bout de papier collé sur le coffre. « Les oies couvent dans la calculette. » Pendant ce temps, Amandine s'affaire sur la combinaison. Il faut trouver un nombre à quatre chiffres. 5 clic ! 3 clic ! 1 clic ! Elle sort sa calculette et tape les trois chiffres qui apparaissent aussitôt sur l'écran.
– Tu es géniale, la complimente Edgar. Tu me permets de taper le dernier chiffre pour compléter le mot de code ?

QUESTION

Quel est ce dernier chiffre qui fera céder la combinaison du coffre-fort ?

....

LES OIES
LA CALCU
IES

7

ZORRO ENFIN DÉMASQUÉ !

Amandine trie le courrier. Encore une enveloppe sans l'indication du nom de l'expéditeur ! Elle l'ouvre, déplie le papier qu'elle contient et pousse un cri. Edgar accourt, se penche sur son épaule et se met à siffler. Pour une surprise, c'est une surprise ! La personne qui leur a envoyé ce papier veut se venger de Zorro, le chef de la bande des braqueurs de supérettes. En effet, le document permettra, à qui réussira à le déchiffrer, de connaître la vraie identité de Zorro.

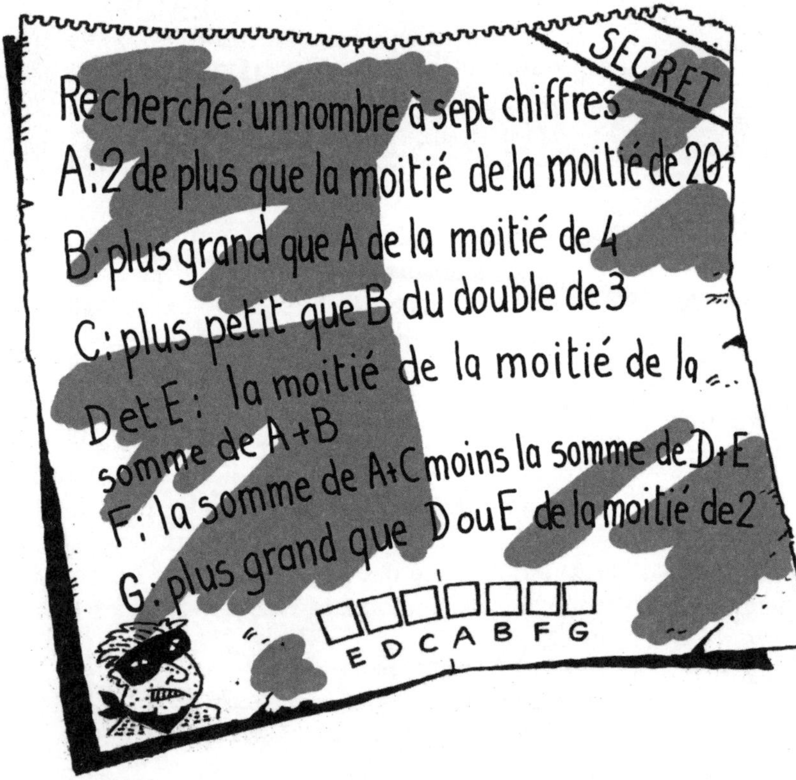

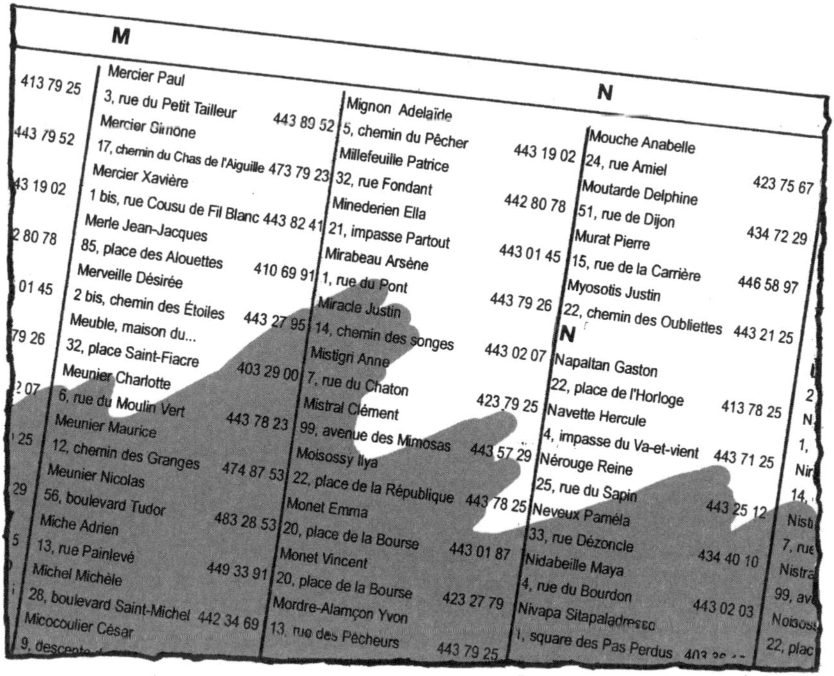
M

413 79 25
443 79 52
..3 19 02
..2 80 78
..01 45
..79 26
..2 07
..25
..29
..5

Mercier Paul
3, rue du Petit Tailleur 443 89 52
Mercier Simone
17, chemin du Chas de l'Aiguille 473 79 23
Mercier Xavière
1 bis, rue Cousu de Fil Blanc 443 82 41
Merle Jean-Jacques
85, place des Alouettes 410 69 91
Merveille Désirée
2 bis, chemin des Étoiles 443 27 95
Meuble, maison du...
32, place Saint-Fiacre 403 29 00
Meunier Charlotte
6, rue du Moulin Vert 443 78 23
Meunier Maurice
12, chemin des Granges 474 87 53
Meunier Nicolas
56, boulevard Tudor 483 28 53
Miche Adrien
13, rue Painlevé 449 33 91
Michel Michèle
28, boulevard Saint-Michel 442 34 69
Micocoulier César
9, descente [illegible]

Mignon Adelaïde
5, chemin du Pêcher 443 19 02
Millefeuille Patrice
32, rue Fondant 442 80 78
Minederien Ella
21, impasse Partout 443 01 45
Mirabeau Arsène
1, rue du Pont 443 79 26
Miracle Justin
14, chemin des songes 443 02 07
Mistigri Anne
7, rue du Chaton 423 79 25
Mistral Clément
99, avenue des Mimosas 443 57 29
Moisossy Ilya
22, place de la République 443 78 25
Monet Emma
20, place de la Bourse 443 01 87
Monet Vincent
20, place de la Bourse 423 27 79
Mordre-Alamçon Yvon
13, rue des Pêcheurs 443 79 25

N

Mouche Anabelle
24, rue Amiel 423 75 67
Moutarde Delphine
51, rue de Dijon 434 72 29
Murat Pierre
15, rue de la Carrière 446 58 97
Myosotis Justin
22, chemin des Oubliettes 443 21 25

N

Napaltan Gaston
22, place de l'Horloge 413 78 25
Navette Hercule
4, impasse du Va-et-vient 443 71 25
Nérouge Reine
25, rue du Sapin 443 25 12
Neveux Paméla
33, rue Dézoncle 434 40 10
Nidabeille Maya
4, rue du Bourdon 443 02 03
Nivapa Silapaladresse
1, square des Pas Perdus 403 [illegible]

2..
N..
1, ..
Nir..
14, ..
Nist..
7, rue..
Nistra..
99, av..
Noisoss..
22, plac..

Il s'agit du fameux TOP (test d'opérations parfaites), l'ultime épreuve que doivent passer les candidats braqueurs pour obtenir de Zorro leur MIAM (mission d'intervention accordée aux membres). En d'autres termes : le candidat qui trouvera la solution de l'énigme, un numéro à sept chiffres, deviendra membre de la bande et pourra s'adresser dorénavant directement à son chef, en l'appelant chez lui à ce même numéro !
Amandine et Edgar se mettent au travail et finissent par remplir la grille des chiffres. Reste à accomplir la partie la plus fastidieuse de la tâche : la recherche sur l'annuaire du numéro de téléphone trouvé pour savoir à quel nom et à quelle adresse il correspond. Ils viennent de passer au crible l'annuaire de A jusqu'à l'une des pages de la lettre M. En vain. Ce serait vraiment dommage d'abandonner ! Vite, venez-leur en aide !

QUESTION

Quel est le numéro de téléphone de Zorro ?
Comment s'appelle-t-il de son vrai nom ? Où habite-t-il ?

8

SUR LA TRACE DES TRUFFES

Edgar est enchanté. La nuit dernière, la première neige est tombée, et ce matin, les rues et les maisons de la ville semblent recouvertes d'une belle couche de sucre glace. Déjà, le téléphone sonne.
Olga Theaux de la confiserie « La Duchesse gourmande » l'appelle, indignée, et encore tout essoufflée :
– On vient de me voler un coffret de trois kilos de truffes au chocolat noir, l'article le plus cher que j'avais en magasin, vitupère-t-elle. À neuf heures, j'ai dû m'absenter quelques minutes pour réceptionner des marchandises dans l'arrière-cour. Quand je suis revenue, le mal était fait.
Edgar fait une enquête rapide. Quatre personnes ont été vues à proximité de la boutique, à l'heure indiquée par Olga Theaux. Il recueille leurs déclarations.
– J'ai juste voulu dire un petit bonjour à mon amie Olga dans sa boutique, affirme Mme Latoupie. Ne la voyant pas, je suis repartie.
– C'est vrai, je suis passé devant la boutique, admet M. Dussalé. Si j'y suis entré ? Ah non, les sucreries, ce n'est vraiment pas ce que je préfère.
– Des truffes au chocolat, c'est bien trop cher pour moi. Jamais je n'en achèterais, déclare M. Blanchard.
– Le chocolat, ça met de bonne humeur, explique Mlle Espinette. J'en prends une tablette tous les matins chez Mme Theaux. Elle la met sur mon compte.
Tout comme vous, Edgar sait à présent qui a subtilisé les truffes au chocolat. Cependant, il décide de ne pas en faire un drame, et il classe l'affaire.

QUESTION

Qui, des quatre personnes, a voulu mettre un peu de douceur dans sa vie ?

Mme Latoupie
M. Dussalé
M. Blanchard
Mlle Espinette

7
LA DUCHESSE GOURMANDE

9

LA PRINCESSE EN PORCELAINE DE MIÈVRES

Amandine a hérité de sa grand-mère d'une collection de petites figurines en porcelaine de la célèbre manufacture de Mièvres. Malheureusement, sa figurine préférée, une princesse tenant gracieusement une ombrelle, est tombée de l'étagère pour se briser en mille morceaux.

Amandine est triste. Elle décide d'aller faire un tour sur la place aux Harengs où se tient tous les samedis un marché d'antiquités. La chance semble lui sourire. Un nouveau marchand, un certain Enrico Piat, a ouvert un stand, et il vend des figurines de Mièvres !

Amandine s'approche et aperçoit une princesse qui ressemble à la sienne comme deux gouttes d'eau. Elle la prend dans la main pour l'examiner de près, et la trouve très légère. Un peu trop légère pour être en porcelaine ! Elle soupèse les autres figurines, avec le même résultat. Enrico Piat vendrait-il des contrefaçons en plastique ?

Les gens s'arrêtent, commencent à murmurer, le tollé se prépare. Ni une, ni deux, Piat met les bouts, emportant sa caisse sous le bras. Il traverse la place en courant, juste avant le passage d'un tramway. Quand le tramway est passé, il a disparu. Georgette Moissat, sa voisine de stand, s'écrie alors :

– Venez ! Je l'ai vu ! Il a pris l'escalier pour descendre au canal.

La foule la suit, Georgette montre du doigt un conduit d'égout asséché.

– Vous voyez, c'est par là qu'il s'est enfui.

– Certainement pas, dit Amandine, ça saute aux yeux. Vous êtes de mèche avec l'escroc, madame, et c'est pourquoi vous nous avez baladés.

QUESTION

Qu'est-ce qui prouve qu'Enrico Piat n'est pas passé par le trou de l'égout ?

. . . .

CANAL DU CHAT-QUI-PÊCHE

10

LES BOUTONS DÉTRAQUEURS

À Fouville, le carnaval bat son plein. Au moment de quitter l'agence, Edgar reçoit un appel du patron du « Vieux Crabe » qui lui demande de venir de toute urgence. Edgar le trouve dans la rue devant son établissement, en pleine dispute avec un individu déguisé en taulard.
Le patron du « Vieux Crabe » explique :
– J'ai surpris ce monsieur tout à l'heure devant ma machine à sous. Il l'avait vidée entièrement ! Et vous voulez savoir comment ? Je vous le donne en mille ! En y mettant des boutons de culotte à la place des pièces.
L'homme incriminé proteste, affirme n'avoir encore jamais mis les pieds au « Vieux Crabe », puis se met à éternuer. Ce n'est pas un simple maillot de corps qui protège du froid de février. L'aubergiste l'entraîne à l'intérieur du « Vieux Crabe », Edgar les suit. Il y fait très chaud, Edgar s'apprête à enlever son manteau lorsque le patron le tire par le bras pour lui montrer la machine à sous détraquée.
– C'est ici que j'ai trouvé le filou tout à l'heure, et quand il m'a vu, il a voulu se sauver. Je l'ai rattrapé de justesse.
– N'importe quoi ! s'indigne le faux taulard. La dernière fois que je suis venu ici remonte au moins à deux jours, finit-il par admettre.
Edgar se contente d'examiner l'individu de la tête aux pieds. Sous le regard du détective, l'homme se met à trembler, malgré la chaleur régnante.

QUESTION

Qu'est-ce qui trahit le menteur ?

11

LE FANA DE MATELAS

Matelas moelleux, oreillers soyeux et couettes douillettes : Loïc Seydoux a la passion des lits de luxe qui l'attirent irrésistiblement. Alors, quand vient le soir, il entre discrètement dans un magasin de literie et s'y laisse enfermer pour la nuit. Il teste chaque lit et s'étend enfin voluptueusement sur celui qui lui plaît le plus. Au matin, il renfile ses chaussures et repart aussi discrètement qu'il était venu.
Le dormeur fantôme hante les lits de la région sans que personne n'ait jamais réussi à l'identifier. Jusqu'à la nuit où, dans le rayon literie d'un grand magasin, une caméra de surveillance l'ait filmé, dormant à poings fermés. Le SOM, Syndicat des ouvriers de la matelasserie, envoie une photo de l'individu à l'agence Lenoir et Blanc en la chargeant de mettre fin au cauchemar. Le lendemain, Amandine est réveillée par un appel sur son portable. Le gérant du « Palais du rêve » lui apprend que la femme de ménage vient de découvrir des indices indubitables du passage de l'intrus : un lit à baldaquin défait, un oreiller froissé. Dès l'ouverture du magasin, Amandine est postée devant le portail. Des ouvriers transbahutent des matelas de l'entrepôt jusqu'au camion de livraison. Les premiers clients arrivent, mais personne ne ressort du « Palais du rêve ». Amandine sent la moutarde lui monter au nez. Elle ne va quand même pas se laisser berner par le doux dingue du duvet ! Puis, elle se met à sourire. Pas bête, le jeune homme, jolie ruse pour s'échapper. Il a failli lui filer sous le nez.

QUESTION

Par quelle manœuvre Loïc Seydoux pensait-il quitter les lieux en catimini ?

. . . .

LE PALAIS DU RÊVE
ACCÈS
FOURNISSEURS
ENTREPÔT 1
4351
MATELAS
DOUX RÊVE

12

DU TRAIT POUR TRAIT PRESQUE PARFAIT

Consternation au musée des Beaux-Arts ! Un des joyaux de la collection, le fameux tableau *Femme au fou rire* du célèbre peintre Justin Castette (1885-1957) a été dérobé. La toile a été détachée de son cadre et emportée la nuit dernière vers une destination inconnue.
Pas si inconnue peut-être ! Edgar soupçonne le peintre Jean-Loup Pazune de s'être emparé de la *Femme au fou rire* pour en faire une copie. Pazune s'est en effet spécialisé dans la reproduction de tableaux de maître, et l'on murmure qu'il les revend à des amateurs d'art peu éclairés en les faisant passer pour des originaux.
Edgar va voir le peintre à l'improviste dans son atelier où il le surprend en train de comparer les copies qu'il a fabriquées de la *Femme au fou rire* avec l'original. Pazune n'a pas chômé ! Il a fait neuf copies qui ressemblent à s'y méprendre à l'original.
Or, à y regarder de près, deux portraits seulement se révèlent parfaitement identiques. Edgar décide de les emporter pour les montrer au directeur du musée qui saura reconnaître l'authentique *Femme au fou rire* de la contrefaçon.

QUESTION

Pouvez-vous indiquer à Edgar quels tableaux il doit décrocher ?

....

13

UN FUMEUX TOUR DE MAGIE

Comme tous les ans, le magicien Félix Magix a monté sa baraque à la fête foraine de Riant-les-Flonflons. Ses tours de magie enchantent le public, ses numéros de prestidigitation le laissent pantois. Comme clou de chaque représentation, Magix prévient les spectateurs de bien veiller sur leurs objets de valeur, puis il passe parmi eux tout en discutant. Revenu sur la scène, il retire de ses poches les bijoux et les porte-monnaie qu'il leur a dérobés pour les leur restituer sous les applaudissements.

Cependant, et c'est là où le magicien s'avère être un fieffé coquin, Magix ne rend pas tous les objets. Les spectateurs lésés ne s'en rendent pas compte tout de suite car tout le monde fait confiance au magicien. Quand ils s'en aperçoivent enfin, c'est trop tard. Rien ne prouve alors que ce soit le magicien qui les a volés.

Quelques victimes de l'escroc ont fait appel à Amandine. Magix fait son numéro, elle n'y voit que du feu. Elle décide de le prendre en filature après le spectacle pour savoir où il va cacher son butin. Magix disparaît derrière la porte du « Bar Corbac », connu comme point de rencontre de toutes sortes de gens louches. L'air est épais de fumée, la foule est dense. Amandine ne voit pas le magicien. Se serait-il envolé ?

QUESTION

Aidez Amandine à retrouver la trace de Félix Magix.

. . . .

14

LE LEURRE, C'EST L'HEURE !

Fleur Selleur pleure toutes les larmes de son cœur. Amandine essaie de la calmer ; rien n'y fait, son amie d'enfance est inconsolable.
– C'est un souvenir de mon grand-père Honoré, tu comprends, c'est avec elle qu'il m'a appris l'heure, explique Fleur.
– Tu peux m'en dire un peu plus ? demande doucement Amandine.
– Il s'agit d'une petite pendule Louis-Philippe qui était sur mon bureau. J'ai oublié de fermer la fenêtre en sortant tout à l'heure, et quand je suis revenue, elle avait disparu.
– Elle avait de la valeur ?
– Oui, il faut croire. Hier encore, quand je l'ai portée chez l'horloger pour la faire réparer, il m'a dit qu'il ne pouvait rien y faire mais qu'il me la rachèterait quand même volontiers. Si je te disais le prix qu'il m'a proposé !
– Pour une pendule qui ne marchait plus ?
– Elle marchait, c'est juste qu'elle retardait de dix minutes par jour.
En apprenant le nom de l'horloger, Edgar se montre intrigué. Jérôme Hialeur a déjà été inquiété pour une affaire de recel par le passé.
Le lendemain, les deux détectives lui rendent une visite surprise. Le bourdonnement de centaines de pendules les accueille lorsqu'ils franchissent le seuil de la boutique.
– Nous cherchons un cadeau pour mon oncle, déclare Amandine à l'horloger.
Peu après, elle échange un clin d'œil avec Edgar : la pendule est bien là.

QUESTION

À quoi ont-ils reconnu la pendule de Fleur Selleur ?

. . . .

HORLOGER
CHEZ HIALEUR C'EST LA BONNE HEURE

15

LES SAUCISSES SONT-ELLES FRAÎCHES ?

Archibald Épompiay est suspecté d'espionnage pour le compte des services secrets du royaume de Kandhyrâton. Les soupçons s'accumulent, mais personne n'a jamais réussi à prendre l'homme sur le fait.

Ce matin, Edgar jubile. En se promenant sur le site du royaume, http//:www.khand-itu.com, il est tombé sur le message suivant : SAUCISSES FRAÎCHES CHEZ MIMI À MIDI. COLONEL MOUTARDE.

Autant dire que ce message lui a mis la puce à l'oreille ! Archibald Épompiay est grand amateur de francforts, alors, quoi de plus approprié que de lui donner rendez-vous chez Mimi qui sert les meilleures saucisses-frites de la région au parc de la Garenne ?

À midi moins le quart, Edgar s'installe avec son plateau et arme sa caméra miniature ; à midi moins dix, Archibald Épompiay s'installe avec le sien. À midi moins une, Archibald a fini ses frites et jette un coup d'œil à sa montre. Edgar appuie sur le déclencheur de la caméra. À midi pile, un homme vêtu d'un manteau couleur moutarde surgit soudain, passe près de la table d'Archibald, et Edgar croit détecter l'échange d'un salut entre les deux hommes. L'homme à l'habit moutarde continue son chemin pour se fondre dans la verdure. Caméra au poing, Edgar se met à ses trousses. Il sait que les deux hommes ont échangé plus qu'un simple salut. Une disquette peut-être ? C'est à croire.
Edgar sait comment ils s'y sont pris. Vous aussi, certainement, pas besoin de vous faire un tableau.

QUESTION

Alors, comment Archibald a-t-il passé la disquette au colonel Moutarde ?

....

16

LE VIOLONCELLE D'ANSELME AJEUR

À peine le chef de gare a-t-il donné le coup de sifflet pour le départ du train de Rome qu'Anselme Ajeur tire le signal d'alarme. Le jeune violoncelliste est en partance pour la capitale italienne où il doit donner son premier concert à l'étranger. Le train s'arrête brutalement, Anselme saute sur le quai.

– On m'a volé mon violoncelle, dit-il, la voix blanche.

Edgar, qui avait accompagné un ami au train de nuit, assiste à la scène. Voyant le désespoir du jeune homme, il a un pincement au cœur et se met aussitôt à la recherche de témoignages. Une dame lui fournit un indice précieux : elle a vu un homme partir en courant avec un étui de violoncelle. La description qu'elle donne de l'individu correspond au portrait de Rémi Neurre, un voleur à la tire lamentable qui n'hésite même pas à piquer leur cornet de glace aux enfants. Pour Edgar, c'est tout vu.

La bicoque au bord du canal où Neurre habite avec son frère est plongée dans le noir. Edgar frappe longuement à la porte, Rémi finit par lui ouvrir, le prévient qu'il n'y a pas de lumière dans le couloir, le précède en disant qu'il va allumer la lumière dans la cuisine. Edgar le suit à tâtons, se heurte à un obstacle, tombe par terre. Rémi Neurre allume la lampe de la cuisine, et Edgar se retrouve nez à nez avec l'étui du violoncelle d'Anselme Ajeur. Neurre s'excuse en disant qu'il voit la chose pour la première fois et que c'est probablement une acquisition de son frère qui a oublié de la ranger.

– Inutile de vous fatiguer, tranche Edgar, c'est vous le voleur !

QUESTION

À vous de prouver qu'Edgar a raison d'incriminer Rémi Neurre !

....

A. AJEUR

17

UN ŒUF DE PÂQUES PAS ORDINAIRE

Pendant les vacances de Pâques, Amandine reçoit chez elle sa nièce Céline. Comme tous les ans, elles visitent le musée d'Histoire naturelle. On peut y voir tout un troupeau de dinosaures reproduits fidèlement. Céline aime les dinosaures. À peine les a-t-elle retrouvés qu'elle fronce les sourcils.
– L'an dernier, il y avait trois œufs de dinosaure, il n'y en a plus que deux !
Le directeur, qui fait son tour d'inspection matinal en compagnie d'Éric Rapeau, son assistant, et de Mme Desbrosses, la nouvelle femme de ménage, entend la remarque de Céline. Elle le cloue sur place.
La gamine a raison, il n'y a plus que deux œufs de dinosaure. Le troisième était encore là la veille au soir. Qui a bien pu le voler ? Et pour en faire quoi ? Les œufs sont des reproductions en résine, si réussies, certes, qu'il faut l'œil d'un spécialiste pour s'en apercevoir. Il va falloir remplacer l'œuf manquant.
Le directeur se tourne vers son assistant :
– Rapeau, soyez gentil, et allez me chercher le dossier des œufs aux archives.
Rapeau rougit. C'est lui qui a refermé à clé la porte de la salle des archives en partant la veille au soir, et maintenant, il ne retrouve plus la clé.
– J'ai dû la laisser dans ma poche, et comme j'ai changé de veste ce matin…
La femme de ménage pince les lèvres et regarde ailleurs. Amandine explose :
– Dépêchez-vous de remettre l'œuf à sa place, ordonne-t-elle à Éric Rapeau.

QUESTION

Qu'est-ce qui lui fait soupçonner l'assistant ?

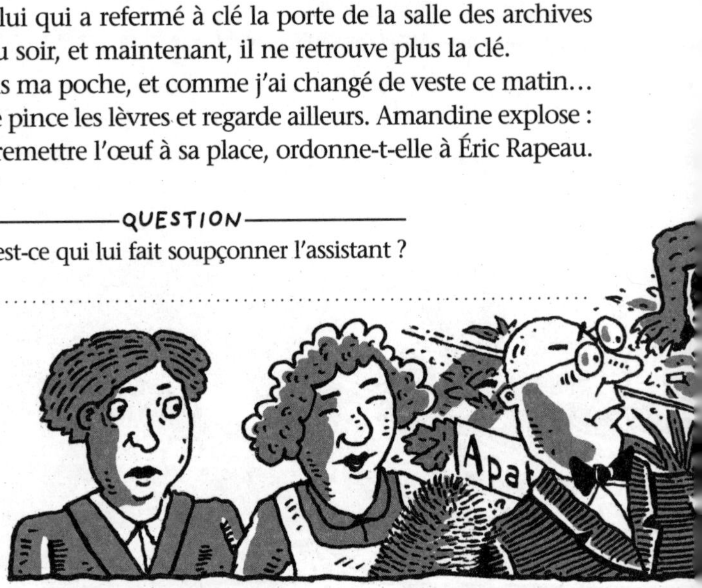

Stégosaure
Archives

18

MIEUX VAUT NE PAS ÊTRE DANS LA LUNE !

Les Dupont attendent Joe Lafayette, leur cousin d'Amérique, qui doit arriver demain de Houston, Texas. Lafayette a été l'un des premiers astronautes à avoir posé le pied sur la Lune. Il vient en Europe pour une série de conférences sur les missions Appollo, et il a décidé de commencer sa tournée par la ville d'où étaient originaires ses ancêtres.

C'est ce qu'on pouvait lire dans l'article consacré à Joe Lafayette, paru dans l'édition du samedi de *L'Écho républicain*. Il y avait été également fait mention d'une extraordinaire collection de roches lunaires qui serait pour la première fois montrée au grand public. Depuis la parution de l'article, les Dupont n'ont plus une minute de tranquillité. Ils sont assaillis par des coups de téléphone de journalistes à la recherche d'un scoop, et par des curieux qui viennent carrément sonner à leur porte. Malheureusement, il y a plus inquiétant ! La nuit, ils entendent des bruits de pas, quelqu'un semble rôder autour de leur maison.

Les Dupont ne s'y sont pas trompés ! La nuit dernière, leur voisine a pris un individu en photo avec son appareil instantané. Le cliché laisse à désirer : on y distingue seulement la silhouette d'un homme vue de dos. Les Dupont se font du mauvais sang, Amandine les rassure :

– L'individu me dit vaguement quelque chose. Je vais consulter notre fichier.

La photo à côté d'elle, Amandine scrute les portraits du fichier.

QUESTION

Comment s'appelle le rôdeur nocturne qui inquiète les Dupont ?

A. Dufleire
C. Touvu
B. Tayméchamp
V. Lux
F. Rayé
O. Secours
K. Tastroff
P. Tard
M. La
Luminet
R. Hœur
N. Augre
T. Xagère
J. Croipas

19

LE GANG DES CITROUILLES

Un beau matin d'octobre, Ludivine Tournesol, la rédactrice en chef de *La Gazette du Terroir*, accueille Amandine et lui offre une tisane.
– Si je vous demande votre aide, c'est parce que nous craignons le pire.
– Expliquez-moi, dit gentiment Amandine qui déteste les tisanes.
– Une fois de plus, la récolte des citrouilles est en danger. Souvenez-vous, l'année dernière, à la même époque, toutes les citrouilles de la région ont été volées en l'espace d'une nuit. La veille même de leur récolte ! Il ne restait plus à nos lecteurs jardiniers et agriculteurs que leurs yeux pour pleurer.
– Vous voulez dire qu'il y a eu une action criminelle délibérée ?
– Évidemment ! C'est une affaire d'argent. Halloween, vous connaissez ?
– La fête des sorcières ? Bien sûr, ma nièce Céline n'attend que ça.
– L'emblème de Halloween, c'est la citrouille. On la vide, on découpe des yeux, une bouche avec des grandes dents, on met une bougie à l'intérieur...
– Il n'y a pas de mal à se fabriquer des fantômes, vous ne trouvez pas ?
Pour toute réponse, Ludivine tend à Amandine la page des petites annonces.
– Regardez l'annonce que j'ai entourée. Elle paraîtra demain. Le gang des citrouilles va encore frapper. Ce sont des voleurs qui se font de l'argent en profitant des rêves d'enfants. Franchement, vous trouvez ça bien ?
Amandine regarde l'annonce et le décryptage qu'en a fait Ludivine.
– On les aura, grâce à vous. Je peux vous faire la bise ?

QUESTION

Où et quand le gang des citrouilles se réunira-t-il ?

....

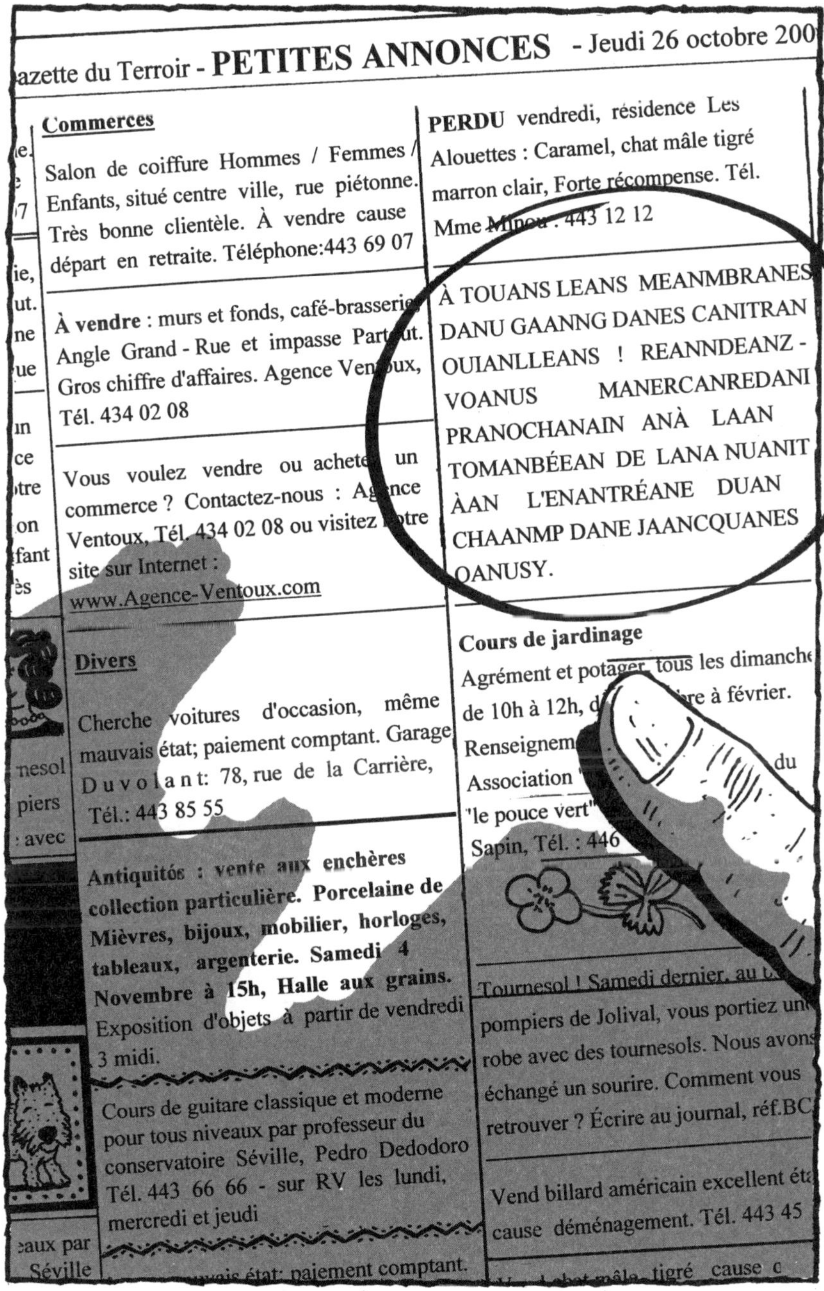

azette du Terroir - **PETITES ANNONCES** - Jeudi 26 octobre 200

Commerces

Salon de coiffure Hommes / Femmes / Enfants, situé centre ville, rue piétonne. Très bonne clientèle. À vendre cause départ en retraite. Téléphone:443 69 07

À vendre : murs et fonds, café-brasserie Angle Grand - Rue et impasse Partout. Gros chiffre d'affaires. Agence Ventoux, Tél. 434 02 08

Vous voulez vendre ou acheter un commerce ? Contactez-nous : Agence Ventoux, Tél. 434 02 08 ou visitez notre site sur Internet : www.Agence-Ventoux.com

Divers

Cherche voitures d'occasion, même mauvais état; paiement comptant. Garage Duvolant: 78, rue de la Carrière, Tél.: 443 85 55

Antiquités : vente aux enchères collection particulière. Porcelaine de Mièvres, bijoux, mobilier, horloges, tableaux, argenterie. Samedi 4 Novembre à 15h, Halle aux grains. Exposition d'objets à partir de vendredi 3 midi.

Cours de guitare classique et moderne pour tous niveaux par professeur du conservatoire Séville, Pedro Dedodoro Tél. 443 66 66 - sur RV les lundi, mercredi et jeudi

PERDU vendredi, résidence Les Alouettes : Caramel, chat mâle tigré marron clair, Forte récompense. Tél. Mme Minou : 443 12 12

À TOUANS LEANS MEANMBRANES DANU GAANNG DANES CANITRAN OUIANLLEANS ! REANNDEANZ - VOANUS MANERCANREDANI PRANOCHANAIN ANÀ LAAN TOMANBÉEAN DE LANA NUANIT ÀAN L'ENANTRÉANE DUAN CHAANMP DANE JAANCQUANES OANUSY.

Cours de jardinage

Agrément et potager, tous les dimanche de 10h à 12h, d... à février. Renseignem... Association ... du "le pouce vert" ... Sapin, Tél. : 446

Tournesol ! Samedi dernier, au ... pompiers de Jolival, vous portiez un robe avec des tournesols. Nous avons échangé un sourire. Comment vous retrouver ? Écrire au journal, réf.BC

Vend billard américain excellent état cause déménagement. Tél. 443 45

20

LES CLÉS DE L'ÉNIGME

La municipalité de Treffort-en-Géaud a décidé de créer un centre pour les classes nature. Quel meilleur endroit pour cela que le château du Saut-du-Loup ! Situé au milieu de la forêt de Merlinpinpon, la fière bâtisse se dresse sur un éperon rocheux dominant la vallée du Gorgeon. Le château a été légué à la commune par le dernier châtelain qui s'est éteint sans laisser de descendance. Il suffirait de quelques travaux de rénovation pour en faire un foyer accueillant.

Seulement voilà, depuis quelque temps, de drôles de rumeurs circulent parmi les villageois. Certaines nuits, on distinguerait des chants plaintifs, on verrait de la lumière dans les tourelles, on percevrait des ronronnements de moteur. Pour les uns, le château est hanté ; pour les autres, il est fréquenté par des malfrats. Chargés par le maire de faire toute la lumière, Edgar et Amandine s'enfoncent, par une nuit sans lune, sur le sentier qui mène au château. Une lumière blafarde danse dans une tourelle, un air de jazz franchit les murs épais ; deux voitures sont garées sous les sapins. Au petit matin, la musique cesse, la lourde porte grince sur ses gonds, et cinq silhouettes, portant de grands étuis, se dirigent vers les voitures. Une sixième boucle la porte, plonge la main dans la vasque au milieu de la cour, puis les rejoint. Les voitures repartent, tous feux éteints. Dans la vasque, les deux détectives découvrent vingt-quatre clés, toutes marquées d'une lettre. Edgar et Amandine se trouvent devant un casse-tête, il faut les aider !

QUESTION

Quelles sont les quatre clés qui ouvrent les quatre serrures de la porte du château du Saut-du-Loup ?

....

21

CHERCHEZ L'INTRUS !

Matthieu Delainx, le chef de la police municipale de Veilley-sur-Lhordre, vient de recevoir un coup de téléphone troublant. Son interlocuteur, qui a préféré rester anonyme, lui a révélé que la grande parade annuelle des gardiens de la paix de Veilley était menacée ! Un trouble-fête aurait l'intention de semer la pagaille lors de leur défilé à travers les rues de la charmante cité. Pour quelle raison et de quelle manière ? Le correspondant a raccroché sans vouloir en dire plus.

Le commandant Delainx est dans l'embarras, et on le comprend ! Tous ses hommes, sans exception, et lui à leur tête, participeront au défilé de demain. La tradition le veut ainsi. Il n'y aura donc, dans tout Veilley, aucun policier pour veiller sur la sécurité de la parade. C'est pourquoi Delainx s'adresse à Edgar en dernier recours et en l'assurant de toute sa confiance.

Le lendemain, Edgar se mêle à la foule des Veillessiens rassemblée au départ de la parade. La fanfare entame l'aimable *Polka des poulets*, et le défilé se met en branle.

Au bout de quelques mesures de musique, Edgar a repéré la fausse note : le présumé semeur de désordre s'est bien glissé dans les rangs. Son uniforme, probablement loué pour l'occasion, le trahit par un petit détail. Edgar demande à l'individu de le suivre discrètement. L'homme lui remet les boules puantes qu'il avait l'intention de faire éclater pendant la parade. Il n'aime pas les défilés, explique-t-il, et il a horreur des fanfares et de la marche au pas.

Edgar le laisse partir, il gardera le secret. Le défilé continue sans accroc.

QUESTION

Qui était le faux policier trouble-fête ?

REST
Glaces
Sorbets
Rue de la Gare
POLICE
MUNICIPALE
VEILLEY-
SUR-L'HORDRE

22

NE SUIVEZ PAS LE GUIDE !

L'individu procède toujours de la même façon. Avec un sourire engageant, il aborde un couple de touristes étrangers qui visite la vieille ville. Comment ? Ils n'ont pas encore vu la superbe fontaine des Amoureux ? Il emmène ses futures proies devant la fontaine moussue du jardin public où deux angelots hideux échangent un baiser de granit. L'homme se met alors à raconter l'histoire de la fontaine – inventée de toutes pièces. Il propose au couple de le prendre en photo, puis il l'invite à prendre un verre dans un café. Les touristes sont émus de tant de sollicitude et refusent naturellement qu'il paie. L'homme les remercie vivement et prend congé, en leur souhaitant une bonne continuation de leur séjour.
Elle s'avère plutôt mauvaise ! Les touristes constateront qu'on leur a volé leurs papiers et leur argent. Leur gentil guide, un vilain pickpocket ? Ils n'osent pas y croire. En revanche, Monique Athouvu, la serveuse du « Café Nestor », en est convaincue, et c'est ce qu'elle dit à Amandine.
– Il m'a semblé voir l'homme plonger sa main dans le sac de la touriste. Je n'ai pas voulu faire d'esclandre, alors je l'ai suivi discrètement. Voici son nom et son adresse. Il habite dans une chambre de bonne sous les combles.
Quand Amandine se présente chez Oscar Hotteur, l'homme nie tout en bloc.
– Le « Café Nestor » ? Je n'y ai encore jamais mis les pieds. Et je vous mets au défi de me prouver le contraire.

QUESTION

Avec Amandine, relevez le défi et épinglez le menteur !

LA GAZETTE
CROQUETTES
MINETTE

23

UN PETIT SOMME INOPINÉ

Dans le monde du cinéma, Harry Saint-Germain fait la pluie et le beau temps. Le célèbre agent et découvreur de talents négocie les contrats de toutes les vedettes en vogue, dont celui de son dernier poussin : le boxeur Raoul Lamassue, future star de la superproduction *Le Saigneur du troupeau.*

Pour le moment, Harry Saint-Germain dort profondément, la tête nichée dans le creux de son bras, sa main droite tenant le stylo, son café bu. Même la voix stridente de sa secrétaire, Dora Dessoucy, ne parvient pas à le tirer de son sommeil. Et pourtant, Dora se démène, lui tapote les tempes, est aux petits soins.

– Quel malheur ! hoquette-t-elle, en s'adressant à Edgar, tout à l'heure, comme d'habitude, j'ai apporté son café à M. Saint-Germain. Quelques minutes plus tard, je suis retournée dans son bureau pour lui faire signer une lettre. C'est alors que je l'ai vu s'endormir sous mes yeux. Affolée, j'ai couru chercher le docteur Cireau dont le cabinet se trouve en bas de l'immeuble. En revenant avec lui, j'ai tout de suite remarqué que les fameux gants de boxe que Lamassue a offerts à mon patron avaient disparu. Ils valent une fortune ! Le docteur a trouvé les traces d'un puissant somnifère au fond de la tasse. Le voleur a dû le mettre dans le café sans que je m'en aperçoive. Franchement, je ne vois pas comment on pourrait expliquer les choses autrement.

– Et moi, très franchement, rétorque Edgar, je vous recommande de remettre les gants de boxe à leur place et de cesser de me jouer votre petite comédie.

QUESTION

Dora Dessoucy a commis une erreur grossière. Vous l'avez repérée ?

....

Harry St Germain
Harry Saint-Germain

24

PAGAILLE AU PARKING

Edgar et Amandine sont heureux. L'agence de détectives Lenoir et Blanc se porte bien. Elle a cinq ans aujourd'hui, et, ce soir, c'est la fête ! Les invités viennent nombreux, certains de très loin. Ils se garent sur le parking en face de l'agence, hélas, un peu n'importe comment !
La fête bat son plein, on rit, on s'amuse, on échange des souvenirs. Soudain, le téléphone sonne. Amandine décroche, puis elle murmure quelques mots à l'oreille d'Edgar. Un nouveau cas les attend, ils doivent partir sur-le-champ. Les invités comprennent, leur souhaitent bon courage, promettent d'attendre leur retour.
En arrivant au parking, Edgar et Amandine n'en croient pas leurs yeux. Leur voiture noire, garée tout au fond, est bloquée par celles de leurs invités. Comment la sortir au plus vite ?
Ça ne va pas être facile ! Le temps presse, chaque seconde compte ! Combien de voitures va-t-il falloir déplacer ? Ils font un calcul rapide, puis ils remontent pour demander aux propriétaires des voitures de les aider.
Bientôt, le parking est plein de monde, et les manœuvres commencent sous la houlette d'Edgar et d'Amandine.
Enfin, leur voiture peut franchir la porte du parking !

QUESTION

Combien de voitures a-t-il fallu déplacer ? Sept, treize ou quinze ?

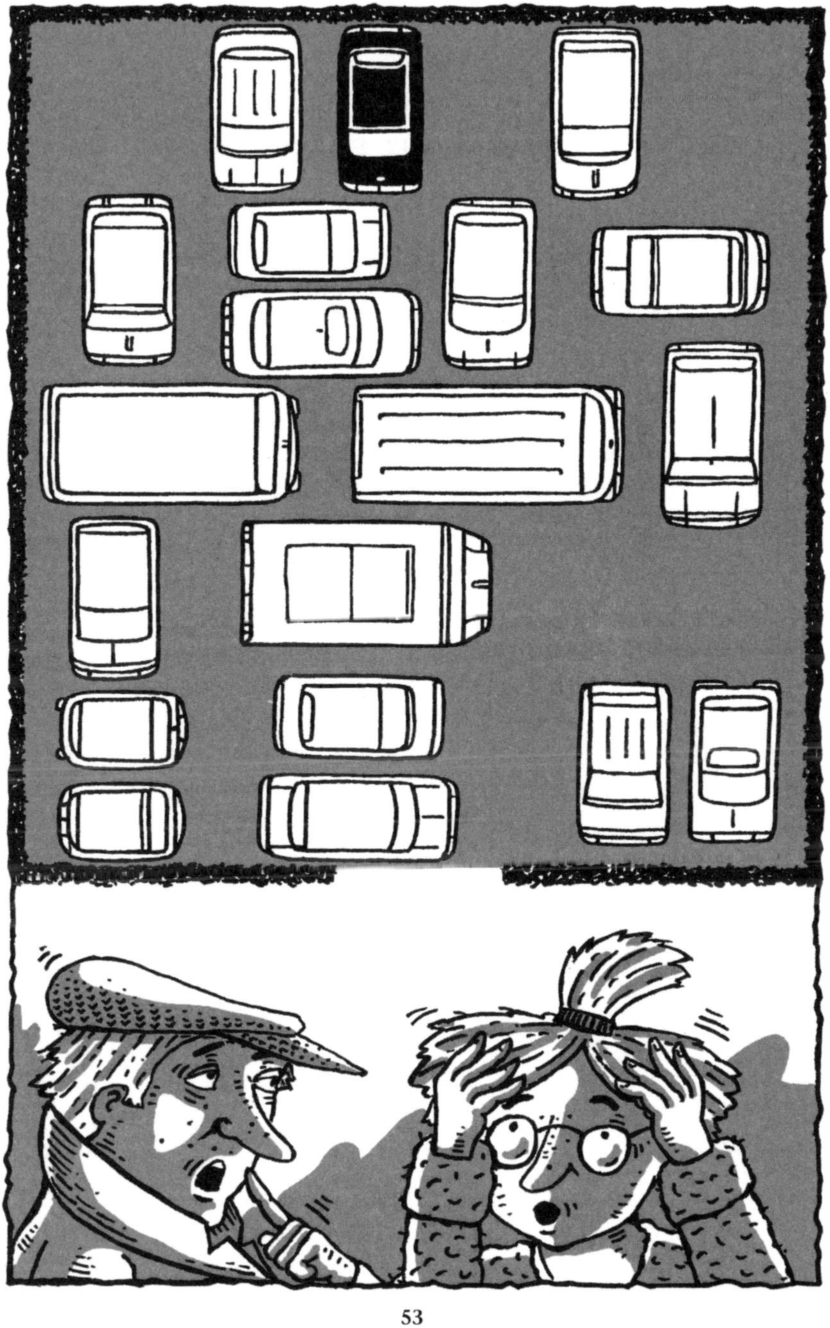

25

ROULÉ DANS LA FARINE !

Le buraliste du « Café des Sports » plante l'index sur la date du calendrier.

– Vendredi 13 ! J'aurais dû me méfier ! Ce jour m'a toujours porté la poisse. Le type s'est présenté avec son bulletin de tiercé. Il avait gagné une jolie somme. Je lui paie son gain, il repart. Je m'apprête à ranger le bulletin quand je constate que le papier n'a pas la même consistance. Je regarde de plus près : c'était effectivement un faux. Je m'étais fait avoir.

– Vous pouvez décrire l'escroc ? lui demande Amandine.

– Non. Je ne saurais même pas vous dire la couleur de ses cheveux, il avait enfoncé son bonnet jusqu'aux oreilles. Par contre, ce qui m'a frappé, c'est qu'il avait des traces de farine sur son pantalon et ses chaussures.

De la farine ? Amandine réfléchit. Il n'y a pas de boulangerie à deux rues à la ronde. En revanche, il y a la pizzeria Dario à deux pas, la meilleure de la ville. Amandine trouve Dario Zecla derrière le comptoir et le salue. Puis elle se dirige vers Jojo Pabot, son employé. Pas plus tard que la semaine précédente, Jojo s'était lourdement « trompé » en lui rendant la monnaie sur un billet de dix euros au lieu de celui de cinquante qu'elle lui avait donné. Il s'était excusé du bout des lèvres, et Amandine avait senti qu'il ne la portait pas dans son cœur.

– Vous êtes-vous absenté dans la dernière demi-heure ? lui demande-t-elle.

– Vous voulez rire ? s'esclaffe Jojo. J'ai préparé une commande de trois Super Dario qui viennent tout juste de partir. Je n'ai pas eu le temps de souffler.

QUESTION

Jojo ment, c'est évident. Qu'est-ce qui vous le prouve ?

NOTRE SPÉCIALITÉ
PIZZA SUPER DARIO
6 €uros
Samedi et Dimanch
uniquement
TUS
PIZZA JOE 7€
Lundi:
Pour une pizza
une glace offerte
PIZZA
Margarita 5,70
Cecilia 5,90
Calzone 6,60
Don Aldo 6,70
Maestro 6,80
ESPRESSO
PIZZA
R.B.
TV SPORT
VELLES
TELE

26

MAIN BASSE SUR UN PORCUREUIL

Le parc animalier de Touffue-la-Forêt est le seul dans toute l'Europe qui héberge un couple de porcureuils. Ces lointains cousins de l'écureuil, originaires de l'île de Bornéo, se reconnaissent à leur museau en truffe et leur queue en tire-bouchon. Leur peau délicate craint le soleil, c'est pourquoi ils ne sortent qu'à la tombée de la nuit pour se nourrir de glands et gambader. De la vie sentimentale de ces animaux très discrets, on sait seulement avec certitude que lorsque deux porcureuils se rencontrent, ils ne se quitteront plus jamais.
Les zoologues Willy Lourçon et Anna Condat ainsi que le photographe Roger Bonneuil doivent faire un reportage pour un magazine sur les deux petits rongeurs qui partagent un vaste enclos. La première nuit, tout se passe à merveille. Les zoologues, cachés dans les fourrés, prennent des notes, tandis que le photographe s'est posté en haut d'une échelle. La nuit suivante, le mâle erre malheureux poussant des grons-grons mélancoliques : sa compagne a disparu !
Les trois observateurs s'accusent mutuellement de l'enlèvement de la bête. La direction du parc fait venir Edgar. Tous les trois lui déclarent solennellement n'avoir à aucun moment pénétré dans l'enclos. Edgar en franchit la grille et commence ses recherches sous le regard intrigué du porcureuil. Bientôt, un indice lui révèle que l'un des trois suspects ment.

QUESTION

Qui a enlevé la femelle porcureuil ?

27

LA POTÉE AUX BULLES

Quatre-vingts ans et toutes ses dents ! Pour fêter l'anniversaire de sa grand-tante Marguerite, Amandine a réservé une grande table à « La Reine des prés ». La charmante auberge campagnarde est réputée pour la saveur de ses mets et l'accueil chaleureux de son patron, Sérafin Bec. Il est assisté en cuisine de son frère cadet, Amédé Bec, un chef talentueux et ambitieux.

Assise à la place d'honneur, la grand-tante Marguerite est ravie de se retrouver entourée de sa famille pour ce déjeuner de fête qui lui met les papilles en émoi. La vieille dame apprécie la bonne chère et possède un vigoureux coup de fourchette. Après avoir dégusté un soufflé aux morilles vaporeux, la tablée s'attaque à une généreuse potée aux choux. Les couverts s'agitent dans un silence gourmand. C'est alors que le repas vire au cauchemar ! À peine la première bouchée mastiquée, des bulles de savon s'échappent de la bouche des invités, la grand-tante s'évanouit le nez dans les choux. Tandis que les convives tentent de la ranimer, Sérafin Bec prend Amandine à part :

– Je suis désolé de ce qui vient de se produire. C'est sûrement un coup de mon frère. Il veut me prendre l'auberge, et, pour cela, il ne recule devant rien.

Amandine sent la moutarde lui monter au nez et court à la cuisine pour interroger Amédé Bec. Le cuisinier se défend des accusations de son frère.

– Moi, mettre du savon dans ma potée ? s'emporte-t-il, cramoisi sous sa toque. Vous n'allez tout de même pas avaler ça, mademoiselle !

QUESTION

Faut-il croire le cuisinier ? À vous de voir !

CUISINE
DE BONHEUR
RÉJOUIT
ES CŒURS
Biscuits pur beurre
SUCRE
CORNIC
SALLE A MANG
TOILETTES
MOUT
LEVURE
PÂTÉ
CITRONS
FARINE
SAVON LIQUIDE
Sauce SOJA
VIN
OLIVES
SEMOU

28

QUI A EMBARQUÉ LA PETITE SIRÈNE ?

À onze heures vingt-neuf précises, Amandine frappe au portail du domaine de la Canardière. Le majordome l'accueille, la mine affligée, et la fait entrer dans le cabinet de travail du comte Nicolas Pin de Garenne. La pièce est sens dessus dessous, le comte muet de désespoir. D'un geste las, il fait signe au majordome de relater les faits.

– Eh bien voilà, soupire ce dernier, pendant que M. le comte était à la chasse au canard ce matin, deux voleurs se sont introduits ici. Ils ont tout saccagé. Je les ai surpris alors qu'ils arrachaient les tableaux et la pendule du mur. À mon arrivée, ils ont pris la fuite. Je n'ai malheureusement pas réussi à les empêcher d'emporter la petite sirène, une statuette en argent que M. le comte chérit tout particulièrement. Tout s'est passé si vite…

– Et cela s'est passé à quelle heure ? demande Amandine.

– Exactement à neuf heures quinze, après le passage du facteur, la renseigne le majordome. C'est à cette heure-là que j'ai l'habitude de déposer le courrier dans le cabinet de travail. Vous n'imaginez pas, mademoiselle, à quel point je m'en veux de n'avoir pu m'opposer à ce vol infâme !

Amandine promène son regard dans la pièce, puis, son verdict tombe :

– L'auteur de ce vol infâme n'est autre que vous-même, assène-t-elle au majordome. C'est vous qui avez mis en scène ce désordre pour vous emparer de la statuette. Navrée, monsieur le comte, votre majordome est un filou.

QUESTION

Qu'est-ce qui a mis la puce à l'oreille d'Amandine ?

....

PASTIL
POÈMES
LE PARFAIT CHASSEUR
LE VOL DE

29

UNE MORGANE QUI MANQUE D'AIR

Ce samedi matin, c'est décidé, Edgar va enfin installer de nouvelles étagères pour ranger les dossiers des affaires en cours. Manque de chance, la perceuse refuse de fonctionner. Qu'à cela ne tienne, se dit Edgar, et il va sonner chez Dominique Elkrom qui habite en dessous de l'agence. Le voisin est ravi de le voir, le fait entrer, lui propose une tasse de café et lui apprend la grande nouvelle : il a enfin réalisé le rêve de sa vie ! C'est un rêve à deux roues, en bleu et noir, doté d'un moteur puissant et ronronnant ; bref, Dominique Elkrom est depuis hier l'heureux propriétaire d'une Morgane ODS 1200, la reine des motos. Il propose à Edgar :
– Finissez votre café et je vous emmène la voir, je l'ai garée dans la cour.
C'est à ce moment précis que Rodolphe, le chien d'Elkrom, pousse la porte entrebâillée et fait son apparition. Il est tout excité et tient entre ses dents un morceau de tissu. Son maître le retire, Rodolphe aboie et repart en se retournant comme s'il voulait s'assurer qu'on le suit bien.
En arrivant dans la cour, Dominique Elkrom pâlit : la belle Morgane a les pneus crevés. Il faut agir vite ! Les deux hommes remontent dans l'appartement. Du balcon, ils scrutent la rue animée en comparant le morceau de tissu aux habits des passants.
Qui a pu commettre cet acte de vandalisme ? Et pour quelle raison ?
– Méchanceté, bêtise et jalousie, déclare Edgar, c'est toujours la même chose. Avec un peu de chance, nous allons retrouver la personne qui a abîmé votre moto. Vous pourrez alors lui poser la question.

QUESTION

La personne se trouve-t-elle toujours dans la foule ?

BOUTIQUE
BOUTIQUE
BOUTIQUE
P
BIS
BISTRO
DÉPÊCHE

30

LE CONCOURS BUBUL

À la station de taxis située à l'angle du boulevard Lafayette et de l'avenue du Printemps, la voiture d'Angèle Yveur occupe la position de tête.
– Appel à toutes les voitures, grésille la voix du central dans le haut-parleur. Le kiosque à bonbons en haut de l'avenue du Printemps vient d'être pillé de tous ses paquets de chewing-gum de la marque Bubul.
Angèle soupire. Les chewing-gums Bubul, elle connaît, son fils Alex en est un grand amateur. Pas tant par gourmandise que pour participer au concours lancé par la marque. En effet, chaque paquet de chewing-gum contient l'image d'un footballeur qui participera à la prochaine coupe d'Europe. En complétant une équipe, on peut gagner une entrée pour l'une des rencontres. Angèle sursaute. Une femme chargée de sacs d'achat vient de se précipiter dans le fond du véhicule et lui demande, à bout de souffle, de vite la conduire à la gare.
Angèle démarre tout en observant la passagère dans son rétroviseur. Celle-ci est nerveuse et ne cesse de se retourner. Angèle sent poindre un soupçon.
– Terrible, ce vol de sucreries au kiosque de l'avenue du Printemps, engage-t-elle la conversation. En plein jour ! Où va-t-on ? je vous le demande.
– Je ne suis pas au courant, je ne connais pas ce kiosque et je n'aime pas le chewing-gum, répond sèchement la cliente en tombant dans le panneau.
Sur ce, Angèle prévient discrètement Amandine.

QUESTION

Comment s'est trahie la voleuse ?

LA MODE
AU PIED DANSANT
BONBONS DU PRINTEMPS

31

LA TRAQUE DU FRÈRE BRAQUE

Edgar descend la rue des Petits-Pas à grandes enjambées. À cinquante mètres devant lui, l'homme qu'il poursuit débouche sur la place de l'hôtel de ville, déserte à cette heure tardive. L'individu en question n'est autre que le cadet des trois frères Braque, le seul du célèbre trio de gangsters qui ne soit pas encore derrière les barreaux. Une forte récompense attend toute personne aidant la police à l'arrêter.
À deux doigts de mettre le grappin sur le malfaiteur, Edgar se retrouve soudain bredouille, car ce dernier a disparu comme par enchantement. Du portail entrouvert de l'église Saint-Fiacre provient un chant de chorale. Le frère Braque se serait-il réfugié dans l'enceinte sacrée ? Sur la pointe des pieds, Edgar entre dans l'édifice et tombe en pleine répétition de la célèbre « Bande à Bach » qui s'entraîne pour son concert du lendemain.
D'un pas feutré, Edgar fait le tour de la nef : pas l'ombre du braqueur Braque. La chorale entame la cantate finale. À l'abri d'une colonne, Edgar dévisage, les unes après les autres, les têtes des chanteurs. Braque se serait-il glissé parmi les membres de la « Bande à Bach » ? Ce n'est qu'une hypothèse qu'il faudra encore vérifier. La répétition touche à sa fin, dans quelques instants, les chanteurs vont replier leurs partitions et rentrer chez eux. Le temps presse, Edgar a besoin de votre aide, il compte sur vous.

QUESTION

L'homme recherché se trouve-t-il dans l'assemblée ?
Et si oui, qu'est-ce qui vous permettrait de le reconnaître ?

BACH
FINALE
TATE

32

GARE AUX HIRONDELLES !

Amandine s'en mordrait les doigts ! Après avoir accompagné Edgar au train de Moutiers où il doit élucider un trafic de snowboards, elle se rend au bistrot de la gare pour y prendre un café. Alors qu'elle cherche une table libre, une femme se lève précipitamment et quitte les lieux à toute vitesse, traînant derrière elle une grosse valise.

C'est Mimi Olondois, la cheftaine du gang des Hirondelles, ces redoutables pickpockets qui allègent les voyageurs de leurs effets de valeur. Mimi se fond dans la foule, Amandine abandonne tout espoir de l'y retrouver. Cependant, la chance lui sourit. Dans sa précipitation, Mimi a perdu une petite feuille de papier, tombée de sa poche. Amandine la ramasse et l'étudie. Tout d'abord, elle n'y comprend rien, puis, brusquement, la lumière se fait. Elle fouille dans son sac, en sort le plan de la ville. De toute évidence, Mimi Olondois doit acheminer son butin de la journée en un lieu secret.

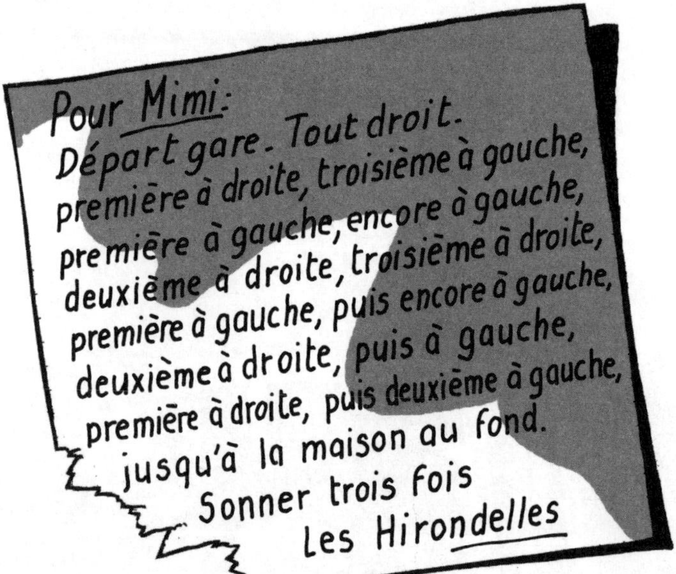

Ses complices lui ont fourni une feuille de route. Sur le plan, Amandine trace le chemin à suivre à l'aide de son crayon. Départ : la gare.

– Une hirondelle ne fait pas le printemps, murmure la détective, mais cette fois-ci, je débusquerai peut-être enfin leur nid.

QUESTION

Où se trouve le lieu de rencontre du gang des Hirondelles ?
Prenez soin de ne pas les laisser s'envoler !

. . . .

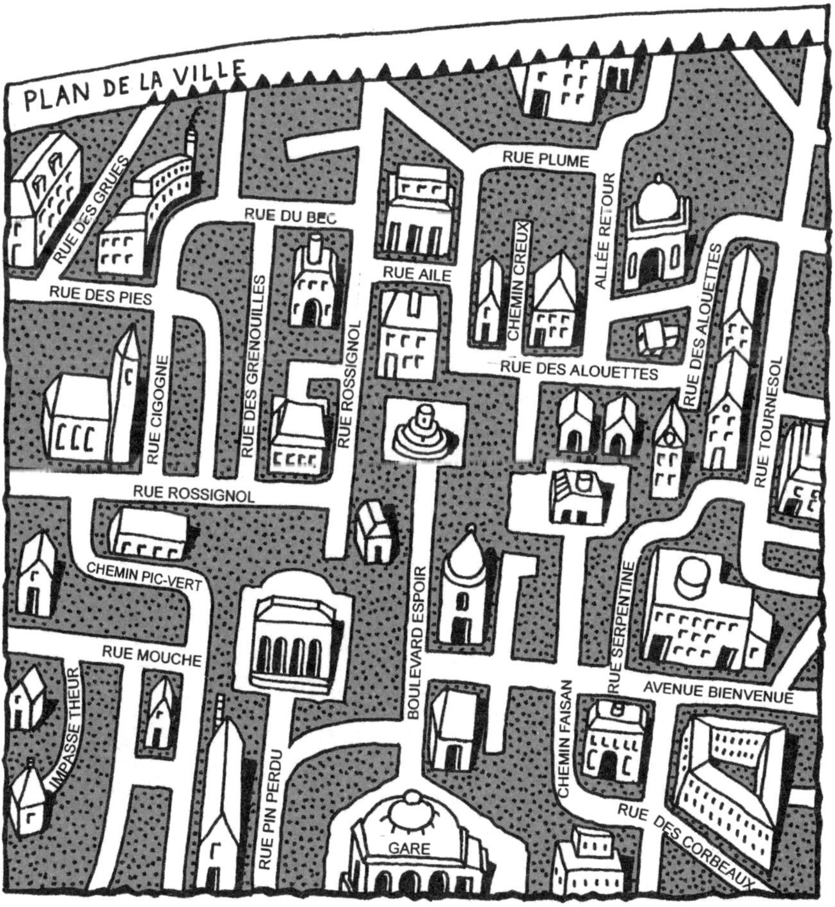

33

LA FUGACY BLEUE

Le téléphone sonne, Edgar décroche. Tout d'abord, il n'entend qu'un brouhaha et des tintements de verres, puis la voix d'un homme, très inquiète, lui parvient :
– Je suis Aimé Canot, le propriétaire de « La Souris verte ». On vient de me voler ma Fugacy bleue. Venez tout de suite, je vous en supplie !
« La Souris verte » est un magasin de jouets anciens. Aimé Canot attend le détective dans sa boutique. Il lui apprend que la Fugacy volée est le modèle réduit d'une limousine de luxe de 1953, une pièce unique de grande valeur.
– Je suppose que vous l'avez assurée contre le vol, s'enquiert Edgar.
Le marchand hoche la tête en signe d'acquiescement, puis il se met à raconter :
– Le mercredi est le jour de repos de ma vendeuse. J'étais donc seul au magasin. Vers une heure, je me suis rendu dans l'arrière-boutique qui me sert d'atelier pour réparer la sirène d'un camion de pompiers. Le voleur en a profité pour s'introduire dans le magasin et monter à l'étage où se trouvait la Fugacy. En sortant de l'atelier, je l'ai vu redescendre, tenant quelque chose caché sous son manteau. Je l'ai poursuivi. Il s'est précipité dans le bar d'en face qui était plein de monde à cette heure-là. Je l'ai perdu de vue, il a dû s'enfuir par l'issue de secours. C'est alors que je vous ai appelé du bar.
– Sans être repassé au magasin ? demande Edgar.
– Oui, confirme Aimé Canot, il ne fallait pas perdre de temps.
– Votre assureur n'en perdra pas non plus à écouter vos salades, tranche Edgar.

QUESTION

Le marchand ment effrontément. Saurez-vous le lui prouver ?

CAISSE

34

DRÔLE DE CIRQUE !

– Ah non, pitié, encore un message codé ! s'exclame Amandine.

Elle allait quitter l'agence pour se rendre à la dernière représentation du fameux cirque Alessandrini quand le facteur a apporté un pli express. Pas d'indication d'expéditeur, une lettre anonyme comme tant d'autres qui arrivent quotidiennement à l'agence. D'un coup de coupe-papier, Amandine a déchiré l'enveloppe. Une pluie de petites images est alors venue s'étaler sur son bureau. En leur milieu, un petit mot, rédigé en capitales d'imprimerie :

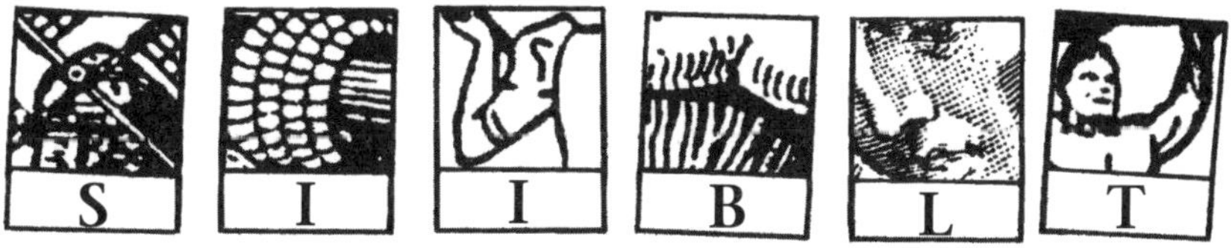

VOUS RECHERCHEZ LE CERVEAU DU RÉSEAU DE CONTREBANDE DES CONSOLES DE JEU NIRVANA. IL SE CACHE PARMI LES ARTISTES DU CIRQUE ALESSANDRINI. TROUVEZ LA CLÉ DE CETTE ÉNIGME ET VOUS SAUREZ SON MÉTIER. UN AMI QUI VOUS VEUT DU BIEN.

– Et qui a des comptes à régler avec le cerveau du réseau, conclut Amandine. Elle se met aussitôt au travail de décodage en commençant par classer les images. Les unes comportent une lettre, les autres un nombre. Les images accompagnées d'une lettre reproduisent chacune en agrandi le détail d'une image portant un nombre. Quel est le détail reproduit en grand de l'image n° 1 ? Une partie du microscope. Quelle est la lettre qui figure sous le détail ? Un É. Cela signifie que le cerveau des contrebandiers exerce l'un des métiers du cirque dont le nom commence par un É. Ce n'est donc ni un dompteur de fauves ni un clown blanc et encore moins une femme tronc.

QUESTION

Dépêchez-vous de trouver la solution. Amandine compte sur vous !

. . . .

35

QUI A CASSÉ LA BROSSE À CROCS ?

Ce mercredi soir, Edgar a rendez-vous avec des amis au « Café de la Poste » pour échanger des timbres de collection. Comme il est en avance, il décide de rendre une visite éclair à Archimède Laudenson-Beyn, qui habite en face de la brasserie. Edgar se réjouit à l'idée de voir Laudenson-Beyn, qui est un homme plein d'entrain et un inventeur de génie. On lui doit notamment le grille-pain tartineur, l'oreiller lumineux et la planche à repasser sur roulettes. Or, ce soir, Archimède broie du noir. Quelqu'un a détruit le prototype de sa toute dernière invention : une brosse à dents pour chiens réglable qui s'adapte aux mâchoires de tous les canins, du chihuahua au saint-bernard. Il raconte :

– Cela s'est passé hier entre midi et deux heures alors que j'étais à la piscine. Je soupçonne le propriétaire de mon appartement d'avoir fait le coup. Il veut me faire partir avant l'expiration du bail pour pouvoir relouer l'appartement plus cher. Il est le seul à avoir les clés, alors…

Edgar promet de s'occuper de l'affaire, Archimède le raccompagne à la porte où ils tombent nez à nez avec le propriétaire, un certain Raoul Le Bol. Le détective l'informe courtoisement des soupçons d'Archimède. Le Bol s'emporte :

– C'est du propre ! s'égosille-t-il. Laudenson-Beyn divague complètement. Hier, je me suis rendu à midi pile au « Café de la Poste » pour déjeuner…

– Certainement pas, l'arrête Edgar, et je peux vous le prouver.

Le Bol s'effondre tandis qu'Archimède gratifie Edgar d'un sourire admiratif.

QUESTION

Qu'est-ce qui cloche dans l'alibi de Le Bol ?

AFÉ
OST
FESTIVAL DES INVENTEURS 2000
1er PRIX
A. Laudenson-Beyn
PLATS DU JOUR
steak
icots verts
8€50
Hamburger
5€55
Fermé le Mardi
REVUE DE L'INVENTEUR
PETITES ANNONCES
GRANDE BROCANTE
CHAMP de FOIRE
Antirouille
NOUVEAUTÉ

PORT DU CASQUE OBLIGATOIRE
JOLIE MEUH-MEUH
SPÉCIAL SALON DE L'AGRICULTURE

36

UN VOLEUR QUI VEUT FAIRE SON FROMAGE

Lucas Mambert a encore frappé ! Malgré toutes les précautions prises par les laitiers normands, l'individu a réussi à voler un camion rempli des meilleurs fromages d'appellation contrôlée. C'est d'autant plus grave que ces fromages devaient être présentés au Salon de l'agriculture où ils avaient toutes leurs chances de rapporter des prix d'excellence. La police a retrouvé le camion, hélas, il était vide. Qu'a fait Lucas Mambert de la précieuse marchandise ? Qui sont ses complices ?

Chargée par le Syndicat laitier régional de faire toute la lumière sur cette sombre affaire, Amandine se laisse guider par son flair. Non loin du camion vide, elle repère une boîte de camembert. Son contenu crémeux est presque à point et il n'est pas entamé. Lucas Mambert déteste le fromage, il lui préfère le saucisson. Tout près de là se dresse la cabane des ouvriers du chantier de l'autoroute. Amandine y entre. Apparemment, il n'y a personne ; Lucas Mambert se serait-il réfugié dans la cabane pour manger un morceau après avoir confié les fromages à ses complices ? En apercevant la détective, se serait-il enfui par la fenêtre au plafond, où bien se trouverait-il toujours caché quelque part dans la cabane ?

Amandine inspecte les lieux. Un indice atteste clairement du passage du voleur.

QUESTION

Y en a-t-il un autre qui prouve sa présence ?

. . . .

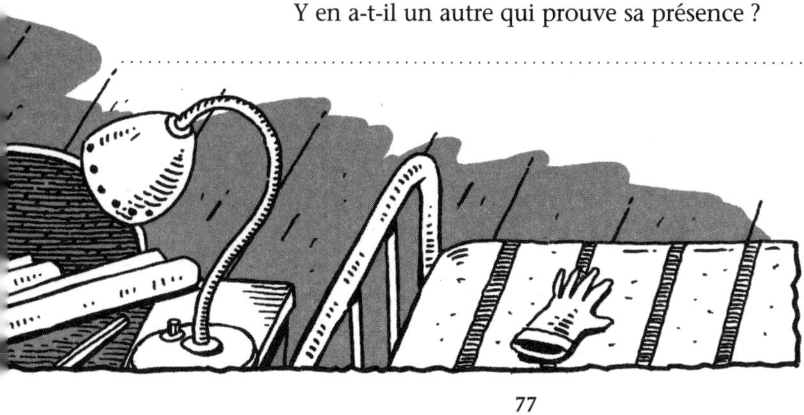

37

MÉTAMORPHOSES D'UN JOUEUR DE HASARD

Dimitri Chaugeux est la hantise de tous les directeurs de casino. Aucun jeu de hasard ne lui est étranger, personne ne triche avec autant d'aisance que lui. Il gagne gros à chaque partie. Impossible jusqu'ici de mettre fin à ses turpitudes, car comment l'identifier ? En effet, non seulement Chaugeux change fréquemment de casino, il sait aussi se transformer radicalement en un rien de temps. Tantôt barbu, tantôt moustachu, rasé de frais ou avec une barbe de trois jours, tantôt brun, tantôt métamorphosé en femme blonde, notre tricheur se fait un malin plaisir de ne jamais apparaître sous le même déguisement.

Ce matin à l'aube, Adrien Neuvaplu, le directeur du casino de Grossoulx, en a gros sur le cœur. Il ne reste presque plus d'argent dans sa caisse. En quelques heures seulement de la nuit dernière, il y a eu plus de gains à la table de roulette qu'il n'y en a en moyenne en un mois. Cela ne peut pas être le fait du hasard. Neuvaplu appelle Edgar et Amandine au secours.
Il leur explique qu'il a fait installer récemment au-dessus de la table de roulette une caméra cachée sur pivot qui prend un cliché de chaque gagnant.
– Voici les portraits des douze personnes qui ont emporté les plus gros gains. Dimitri Chaugeux se trouve-t-il parmi elles ?
Les deux détectives se penchent sur les photos. Leurs conclusions concordent : oui, le joueur incriminé s'y trouve bel et bien, et même sur plusieurs clichés !

QUESTION

Quelles sont les photos sur lesquelles vous reconnaissez Dimitri Chaugeux ?

38

LA LETTRE DU CLOWN BLANC

Le cirque Alessandrini est de nouveau en ville, cette fois-ci avec un nouvel équilibriste et une nouvelle trapéziste. Amandine est invitée à venir prendre le petit déjeuner avec les artistes. À son arrivée, elle trouve l'ambiance tendue. Ondino, le dompteur de dauphins, lui explique pourquoi :
– Valentino, le clown blanc, est tombé amoureux fou de notre nouvelle trapéziste et elle de lui. Il lui a écrit une magnifique lettre qu'elle gardait dans le tiroir de sa table de nuit. Hier soir, après la représentation, elle ne se sentait pas bien. Elle grelottait, elle toussait beaucoup. Je lui ai conseillé de prendre du sirop contre la toux ; elle n'en avait pas, je lui ai donné le mien. Il fait des miracles, mais il fait aussi dormir profondément. Quand Esméralda s'est réveillée ce matin, elle ne toussait plus, ce qui est bien, mais la lettre avait disparu, ce qui ne l'est pas.
Amandine trouve la trapéziste en pleurs avec Lora, l'écuyère, assise près d'elle.
– J'ai appris la nouvelle, et je me suis dépêchée de venir consoler Esméralda, s'empresse d'expliquer Lora. Entre femmes, il faut être solidaires.
Amandine ne dit mot. Elle se souvient de ce que le dompteur lui a confié : l'écuyère et le clown blanc allaient se fiancer quand la trapéziste est arrivée au cirque. La détective fouille la roulotte du regard, puis elle se tourne vers Lora :
– Hypocrite, lui lance-t-elle. C'est vous qui avez volé la lettre, et si vous êtes revenue sur les lieux, c'est pour une raison précise, avouez-le !

QUESTION

Qu'est-ce qui a trahi Lora ?

39

MENACES FRACASSANTES

Marie Chantecler est encore sous le choc. Elle montre à Amandine la vitre cassée dans sa cuisine, puis elle raconte :
– La nuit dernière, j'ai entendu des bruits de pas : quelqu'un descendait l'escalier. Il était environ minuit. Peu de temps après, la porte de la cour s'est mise à grincer, et l'instant d'après, j'ai entendu la vitre se briser. J'ai retrouvé la pierre et le papier qui l'entourait. Regardez !

M. Bonvent :
Je suis allé me coucher de bonne heure hier soir, j'avais un début de rhume. J'ai éteint à dix heures.
À part le raffut du perroquet de Mme Chantecler, tout était silencieux.

M. et Mme Finebise :
Nous avons regardé la télé jusqu'à vingt-trois heures, puis nous sommes allés nous coucher. Vous ne croyez tout de même pas que c'est nous qui avons lancé cette pierre !

Elle tend à Amandine une feuille qui comporte un message anonyme : AVERTISSEMENT ! SI VOUS N'APPRENEZ PAS À VOTRE PERROQUET À SE TAIRE, IL NE VA PAS TARDER À SE FAIRE PLUMER !
Amandine rend visite aux voisins. À tous, elle pose la même question :
– Une pierre a été lancée contre la fenêtre de Mme Chantecler la nuit dernière. Où étiez-vous alors ?

QUESTION

Amandine sait maintenant qui a lancé la pierre et la menace. Vous aussi ?

Mme Fraîchebrise :
Hier soir, j'ai dîné chez une amie. Je suis rentrée à dix heures. Je me suis couchée aussitôt, ce qui fait qu'à minuit, je dormais à poings fermés.

Aline et Céline Zéphyr :
Nous étions invitées à une fête d'anniversaire et sommes rentrées vers deux heures du matin. Nous n'avons rencontré personne dans l'immeuble.

40

PAS DE RÉCOMPENSE POUR AMANDA MAIRE !

Au rez-de-chaussée de l'immeuble où se trouve l'agence Lenoir et Blanc, une filiale du Crédit universel vient d'ouvrir ses portes. Dès le premier matin, trois gangsters en profitent. Arme au poing et cagoulés, ils font irruption dans la banque. Sans perdre un instant, ils menacent la caissière de prendre en otage Laurent Barre, le directeur, si jamais elle refuse de leur passer tout l'argent que les convoyeurs viennent de livrer. La caissière s'exécute, le trio s'enfuit et le directeur court chercher Edgar. À grands gestes, il lui résume ce qui vient de se produire, puis, devant son établissement, il laisse éclater sa colère et son désespoir en criant à la ronde :

– La banque offre une récompense à toute personne ayant vu quelque chose qui puisse aider à retrouver ces maudits bandits !

Aussitôt, de l'autre trottoir, une femme accourt à toute vitesse pour déclarer :

– Moi, Amanda Maire, j'étais en train de faire mes courses à l'épicerie d'en face. En sortant, j'ai vu plusieurs hommes quitter la banque en courant. Ils ont sauté dans une camionnette verte qui est partie en trombe, direction place de l'hôtel de ville.

Le directeur reprend espoir, Mme Maire se réjouit en rêvant à la récompense qu'elle désire encaisser. Or, brutalement, Edgar lui remet les pieds sur terre :

– Chère madame, votre récit est palpitant, il n'a qu'un seul défaut : vous l'avez inventé de A à Z afin de toucher la récompense, nous sommes bien d'accord ?

QUESTION

Edgar a vu juste. Pouvez-vous expliquer pourquoi ?

4
AGENCE DE VOYAGES
EPICERIE FINE
6
NOIX du Périgord 1.-
LE ROI DU FROID
PLUS FRAIS QUE NATURE
CRÈME GLACÉE
ÉPINARDS
CABILLAUD
HUILE d'OLIVE
BANQUE

SOLUTIONS

1. Une moustache qui fait tache

Hugues Ribouille a mis à dégoutter son parapluie et ses chaussures dans la salle de bains. Contrairement à ce qu'il prétend, il est donc bel et bien sorti.

2. L'or noir de Povidélie

L'homme qui descend l'escalier, à côté du garçon qui fait un signe de la main, est le contrebandier en question. En apercevant le détective, il a préféré retirer sa valise de l'autobus et s'éclipser au dernier moment.

3. L'éternel fiancé

Nicolas Bagodoy s'apprête à sortir de sa cabine que l'on voit à gauche sur l'image.

4. Qui dort, dîne dans la villa Nadine ?

La bougie que l'on voit derrière la fenêtre de droite au rez-de-chaussée a rapetissé depuis la veille. Quelqu'un a dû s'en servir pour s'éclairer pendant qu'Edgar dormait paisiblement dans l'imprimerie.

5. Menace sur Mars !

L'espion n'est autre que Jules Pitaire. Il dit avoir oublié ses lunettes de lecture à la maison. Cela ne l'empêche pas de lire le journal ! Curieux, non ?

6. Des chiffres et des lettres

C'est le chiffre 0, bien entendu ! Amandine a compris que "OIES" était le mot clé qui allait fournir le code pour ouvrir le coffre. En tapant le numéro 5310 sur le clavier et en retournant ensuite la calculette, c'est bien ce mot que l'on lit sur l'écran.

7. Zorro enfin démasqué !

Le numéro de téléphone du fameux Zorro est le 443 79 25. Son vrai nom est donc Yvon Mordre-Alamçon. Il habite 13, rue des Pêcheurs.

8. Sur la trace des truffes

C'est M. Blanchard qui n'a pas pu résister aux truffes au chocolat. Les traces de ses chaussures et de sa canne montrent qu'il est entré dans la confiserie. Cela restera un secret entre Edgar et vous !

9. La princesse en porcelaine de Mièvres

Si Enrico Piat s'était enfui par la bouche d'égout, l'herbe serait piétinée et la toile d'araignée déchirée. Georgette Moissat est donc de mèche avec l'escroc qu'elle essaie de couvrir.

10. Les boutons détraqueurs

Tout d'abord, l'homme prétend n'avoir encore jamais mis les pieds au « Vieux Crabe », puis il se ravise pour admettre ne pas s'y être rendu depuis l'avant-veille. Or, sa veste de taulard, qui porte le même numéro 12 que son calot, se voit nettement, posée sur le dossier d'une chaise, dans le dos du clown. Elle n'y serait sûrement pas restée depuis deux jours ; le personnel du « Vieux Crabe » l'aurait enlevée en faisant le ménage.

11. Le fana de matelas

Pour quitter discrètement les lieux, Loïc s'est mêlé aux ouvriers qui chargent le camion. Sur l'image vidéo, on distingue ses chaussettes rayées et ses chaussures posées sur la table de nuit. Ce sont les mêmes que celles du porteur de matelas tout à fait à gauche.

12. Du trait pour trait presque parfait

Les deux tableaux identiques qu'Edgar doit décrocher se trouvent respectivement au milieu de la rangée du haut et à gauche dans la deuxième rangée en partant du bas.

13. Un fumeux tour de magie

Félix Magix se trouve dans la salle du fond ; on aperçoit les ronds de fumée de son cigare qui sont aussi parfaits que ceux de l'affiche à côté de l'entrée de sa baraque.

14. Le leurre, c'est l'heure !

Toutes les pendules dans la boutique de Jérôme Hialeur sont à l'heure ; elles indiquent 11 heures 45, à l'exception de la petite pendule Louis-Philippe qui retarde de dix minutes. Elle se trouve tout en bas du grand meuble d'exposition.

15. Les saucisses sont-elles fraîches ?

Archibald a échangé son journal qui renferme probablement une disquette, un microfilm ou bien un cédérom contenant des informations ultra-confidentielles, contre celui du colonel Moutarde.

16. Le violoncelle d'Anselme Ajeur

Rémi Neurre ment. Il est parfaitement au courant pour le violoncelle. S'il ne l'était pas, comment aurait-il fait pour ne pas trébucher dans le noir en allant allumer la lampe dans la cuisine ? C'est donc bien lui le voleur du violoncelle d'Anselme Ajeur.

17. Un œuf de Pâques pas ordinaire

Éric Rapeau est réellement embêté de ne pas retrouver la clé des archives. Il a raison de s'inquiéter, car elle va le compromettre et prouver que c'est lui qui a volé l'œuf de dinosaure. Il suffira à Amandine de tourner la tête vers la droite et de se pencher pour attraper la clé qui est tombée de la poche de Rapeau alors qu'il enjambait la vitre pour voler l'œuf. Ce qu'il avait l'intention de faire de l'œuf de dinosaure qui, après tout, n'était qu'une copie en résine ? Le revendre à prix cher en le faisant passer pour un vrai.

18. Mieux vaut ne pas être dans la Lune !

Il s'agit de T. Xagère dont la photo figure à droite dans la deuxième rangée en partant du bas. On le reconnaît à ses grosses lunettes et à son béret à pois.

19. Le gang des citrouilles

Voici le texte décodé :

À TOUS LES MEMBRES DU GANG DES CITROUILLES ! RENDEZ-VOUS MERCREDI PROCHAIN À LA TOMBÉE DE LA NUIT À L'ENTRÉE DU CHAMP DE JACQUES OUSY.

20. Les clés de l'énigme

La clé I ouvre la serrure 1. La clé Q ouvre la serrure 2. La clé L ouvre la serrure 3. La clé B ouvre la serrure 4.

21. Cherchez l'intrus !

Le faux policier se trouvait au sixième rang où il était le deuxième en partant de la gauche. Edgar l'a reconnu au col de son uniforme et à sa casquette, différents des autres.

22. Ne suivez pas le guide !

Oscar Hotteur connaît le « Café Nestor », et il y est certainement déjà allé. La pochette d'allumettes sur sa table porte le nom du café.

23. Un petit somme inopiné

Il y a longtemps déjà que Dora Dessoucy convoite les gants de boxe de Raoul Lamassue. C'est elle qui a mis le somnifère dans le café de son patron. Elle prétend que Harry Saint-Germain s'est endormi en signant une lettre. C'est faux ! En réalité, elle a glissé le stylo dans la main de l'endormi. Son erreur grossière a été de se tromper de main. Saint-Germain est gaucher comme le montre la photo dans l'étagère.

24. Pagaille au parking

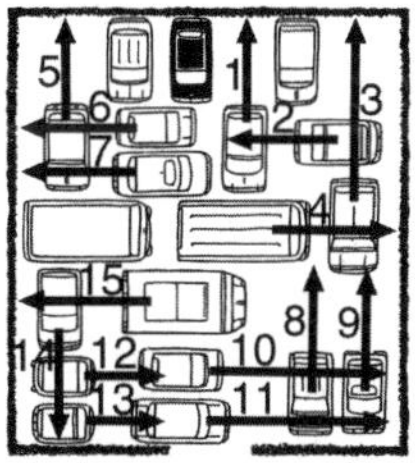

Quinze voitures ont dû être déplacées pour permettre à Edgar et Amandine de sortir la leur du parking.

25. Roulé dans la farine !

Le mensonge de Jojo Pabot est fort gros. L'affiche sur le mur du premier étage apprend aux clients que la pizzeria fait la Super Dario exclusivement le samedi et le dimanche. Or, aujourd'hui, nous sommes vendredi.

26. Main basse sur un porcureuil

C'est très vraisemblablement Roger Bonneuil qui a enlevé la femelle porcureuil. Le photographe prétend ne pas être entré dans l'enclos. Or, on y voit, sur la gauche, une de ses pellicules.

27. La potée aux bulles

Qu'est-ce que le flacon de savon liquide vient faire parmi les ingrédients sur le plan de travail de la cuisine ? Amédé Bec a volontairement gâché sa potée pour entacher la bonne réputation de l'auberge de son frère.

28. Qui a embarqué la petite sirène ?

Le majordome prétend avoir surpris les voleurs à neuf heures quinze exactement alors qu'ils arrachaient les tableaux et la pendule du mur. Le choc aurait dû arrêter la pendule. Elle se trouve par terre, elle ne marche effectivement plus. Or elle s'est arrêtée à dix heures et non pas à neuf heures quinze. Le majordome est l'auteur de la mise en scène du vol et l'inventeur des voleurs imaginaires.

29. Une Morgane qui manque d'air

En se dépêchant, Edgar et son voisin réussiront à rattraper l'homme qui a crevé les pneus de la moto. On le voit pousser son vélo. À la jambe gauche de son pantalon manque le morceau de tissu que Rodolphe a arraché.

30. Le concours Bubul

Dans son rétroviseur, Angèle Yveur a reconnu le nom du kiosque à bonbons sur l'un des sacs d'achat de la cliente. La voleuse se trahit en parlant des chewing-gums qu'Angèle n'avait pas mentionnés. Celle-ci a probablement acheté quelques friandises, puis, profitant d'un moment d'inattention du marchand, elle s'est emparée de tous les paquets de chewing-gum.

31. La traque du frère Braque

Le frère Braque s'est effectivement mêlé aux chanteurs de la chorale. Il faut croire qu'il n'a encore jamais eu une partition en main, car il la tient à l'envers. On le voit au deuxième rang à droite.

32. Gare aux Hirondelles !

Si vous ne vous êtes pas perdus en route, vous devriez maintenant vous trouver devant la maison isolée au fond de l'impasse Theur. Mimi Olondois est sûrement à l'intérieur, et, avec elle, peut-être les autres du gang des Hirondelles.

33. La Fugacy bleue

Il n'est pas difficile de prouver qu'Aimé Canot ment. Il dit avoir vu le voleur descendre l'escalier de sa boutique et s'enfuir en tenant quelque chose caché sous le manteau. Et il ajoute avoir poursuivi le voleur pour enfin perdre sa trace. Avant de téléphoner du bar à Edgar, il n'est pas retourné voir au premier étage du magasin ce que le voleur a emporté sous son manteau. Alors, comment peut-il savoir qu'il s'agit de la Fugacy ? Edgar a parfaitement compris le stratagème : le marchand de jouets a cherché à escroquer l'assurance afin de toucher le remboursement de la pièce qu'il a lui-même volée.

34. Drôle de cirque !

Le chef du réseau de contrebande des consoles de jeu Nirvana est l'équilibriste. Coup dur pour le cirque, comment lui trouver un remplaçant au pied levé ?

35. Qui a cassé la brosse à crocs ?

Pas de bol pour Le Bol qui prétend avoir déjeuné hier, mardi, au « Café de la Poste ». Le mardi est le jour de fermeture de l'établissement. C'est écrit sur le menu qu'on voit à travers la fenêtre de l'appartement d'Archimède Laudenson-Beyn.

36. Un voleur qui veut faire son fromage

La revue qui traîne par terre est un numéro spécial de Jolie Meuh-Meuh consacré au Salon de l'agriculture. Ce n'est guère une lecture du goût des terrassiers de l'autoroute. C'est Lucas qui a abandonné le journal. Il est d'ailleurs présent. Il s'est caché derrière les vêtements accrochés au mur ; on distingue ses chaussures et le bas de son pantalon.

37. Métamorphoses d'un joueur de hasard

Naturellement, Dimitri Chaugeux ne peut ni changer la forme de son nez, ni de ses yeux, ni de ses oreilles. En revanche, il se sert de toutes sortes d'accessoires pour se métamorphoser, allant jusqu'à se déguiser en femme ! Grâce à la caméra, nous avons six photos de lui : B, D, F, G, I, L.

38. La lettre du clown blanc

Amandine a remarqué que Lora ne portait qu'une seule boucle d'oreille. Où se trouve l'autre ? Oui, sous le lit d'Esméralda, c'est là que Lora l'a perdue quand elle est venue voler la lettre de Valentino. Si elle est revenue ce matin, ce n'est pas tant pour consoler la trapéziste que pour récupérer l'autre boucle d'oreille qui risque de la compromettre. Trop tard, vous venez de la découvrir !

39. Menaces fracassantes

La méchante voisine n'est autre que Mme Fraîchebrise. Autrement, comment peut-elle savoir que la pierre a été lancée vers minuit ? Amandine n'a pas mentionné d'heure en posant sa question aux voisins de Marie Chantecler.

40. Pas de récompense pour Amanda Maire !

La ménagère cupide prétend avoir vu sortir plusieurs hommes du Crédit universel alors qu'elle sortait de l'épicerie. C'est impossible car la camionnette de livraison lui barrait la vue sur la banque.

TABLE

Dans la même série

FORMAT POCHE

www.actes-sud-junior.fr

CPI

Reproduit et achevé d'imprimer
en février 2009
par CPI-Hérissey
à Évreux
pour le compte des éditions
ACTES SUD
Le Méjan
Place Nina-Berberova
13200 Arles

Dépôt légal
1re édition : février 2009
N° impr. : 110821
(Imprimé en France)

I only said I was telling the truth

By Dr. Celia Banting

WICHITA PRESS

Wighita Press
P.O. Box 30399
Little Rock, Arkansas, 72260-0399

www.wighitapress.com

Library of Congress Cataloging-in-Publication Data

Banting, Celia
I Only Said I Was Telling the Truth/Dr. Celia Banting – 1st Edition
p. cm.
ISBN 0-9786648-4-1 (paperback)

1. Therapeutic novel 2. Suicide prevention 3. Sexual abuse
4. Treatment

Library of Congress Control Number: 2006928593

Layout by Michelle VanGeest
Cover production by Luke Johnson
Cover photograph by kind permission of Emily and Jane

Printed by Dickinson Press, Grand Rapids, Michigan, USA

Issues addressed in this book:

Suicide prevention

Betrayal

Deceit

Isolation within the family

The 'grooming process'

Manipulation and discrediting

Mis-placed guilt and self-disgust

The consequences of self-preservation

Coping with inter-agency involvement

Familial denial

Despair, hopelessness and terror

The benefits of the group process
(combats isolation, challenges self-blame, provides empathy, removes shame and gives support)

The impact of sexual abuse upon future relationships

Coping with flashbacks

The impact of hidden, covert family rules

Psycho-drama techniques to express anger and loss

Guided imagery to increase emotional safety and to liberate the self

Techniques to strengthen the ability to self-soothe and nurture the self

Eliciting a positive attitude towards a bright future

Also by Dr. Celia Banting...

I Only Said I Had No Choice

I Only Said "Yes" So That They'd Like Me

I Only Said I Couldn't Cope

I Only Said I Didn't Want You Because I Was Terrified

• • • •

Available after April 2007...

I Only Said I Wanted To Kill Myself; I Didn't Really Mean It

I Only Said I Wasn't Hungry

I Only Said It Didn't Hurt

I Only Said I Could Handle It, But I Was Wrong

I Only Said Leave Me Out of It

Dedicated to Erica Elsie,
and all those who embark upon a journey to rid themselves
of the terrible legacy left by sexual abuse.

Acknowledgments

My grateful thanks go to my proofreader and typesetter, Michelle VanGeest, who frees me from my dyslexic brain, and replaces my mother's voice. Thanks to Bev, my stray-word spotter, too. I thank my dear brother, Steve, for his computer expertise, and my wonderful husband, Des, for the inspiration and support he gives me. Thank you to Luke and Sam for their faith, inspiration and talent. Thank you to my dear friend Vicki for her guiding sense of style.

Thank you to all my psychotherapy tutors and colleagues at the Metanoia Institute, London, for teaching me about human nature, psychopathology, growth and recovery.

I thank the good Lord for giving me a lively imagination, and I also thank my parents for moving to the Isle of Wight, "the land that bobs in and out of view, depending upon the sea mist."

Chapter One

"You're lying," Mom screams at me and shakes her head. "You're not going to do this to me again, Ruby. No way! What're you trying to do, ruin my life?"

She slaps me hard around the face and tears pour down my face.

"I'm not lying, I swear," I sob.

She pushes me away, and I stumble and lose my balance. I land on my ass as she walks out of my room.

I cry until I can't cry anymore, and feeling spent, I lie on my bed, thinking.

I hate my mom; why can't she believe me? I feel so alone. She blames me for everything....

• • • •

All Mom seems to care about was the good life we used to have but don't have anymore.

Dad worked in insurance and made a lot of money. She used to tell us all the time that we were lucky and we should be thankful. Before I was eleven I *was* thankful. I had new clothes and my own room. I adored my dad and he took me everywhere. He paid for me to go to dance classes, horse riding lessons, piano lessons, and even drama classes so that I could learn to act. Mom and Dad came to every show I was in, and clapped loudly...they said they were proud. They put ribbons in my hair and dressed me up every Sunday for church. I had a closet full of dresses and shoes. I guess I had everything.

Mom and Dad took us out to eat all the time, and sometimes when Dad was working from home, he'd pick up me and my older sister, Rachel, from school and take us to get ice cream on the way home.

When school was out in the summer, Mom and Dad took us to our cabin by the lake. We had a big boat that we'd moor out in the middle of the lake, and Dad would fish while Rachel and I would either jump into the water or slip down the slide at the back of the boat.

Dad had shown me how to swim in our pool when I was really little and he said that I was fearless in the water. Sometimes he let us tie big, black inner tubes to the back of the boat, and we'd lie on them under the sun and then slip through the hole into the water when we got too hot. Dad wouldn't let my younger brother Ryan do it, though, because he said he was too little. Dad had tried to teach Ryan to swim, but even though he could get across the width of the pool when he was wearing armbands, he couldn't manage the length, so Dad wouldn't let him go into the lake.

I remember when I was nine. Uncle Robert came with us and he brought his girlfriend, Sally. Every day they sunbathed on the deck, while Rachel and I took turns sliding down the slide into the water. Dad said that I was like a fish, and I showed off, feeling pleased with myself.

Every night Mom and Sally would barbecue and Dad would make cocktails. He showed Rachel and me how to decorate the glasses with fruit and colorful paper umbrellas. Rachel said mine were rubbish and hers were better, but Sally always asked me to do her glass. I guess mine *were* a bit messy, but it was fun. "It keeps the kids quiet," I'd heard Mom say once. I liked Sally.

Ryan was always crying. Mom and Dad shouted at him a lot, and Uncle Robert and Sally tried to play with him.

Grandma and Granddad came once. Dad didn't make cocktails when they were there, and we didn't get to decorate the glasses, but we did get to put ice in their glasses..."On the rocks," I heard them say.

Ryan cried even more when they were there. I didn't like it so much when they came, because they kept telling us to be quiet.

Sometimes Mom and Dad would bring their friends for the weekend and that was fun. They always brought us candy and spoiled us. Ryan didn't cry so much when they were there.

In the winter on some weekends Mom and Dad took us to the cabin, and even though it was too cold to go out on the lake, we still had fun in the snow. Dad bought us toboggans, and we crawled up the hill behind the cabin, dragging them behind us, and slid all the way back down, over and over. We didn't mind getting cold and stayed out until we couldn't feel our fingers anymore.

One of the things I liked about the cabin in the winter was the log fire. When we couldn't stay out in the cold any longer, Mom would make us sit on the floor around the fire and slowly we melted, or that's how it felt. She'd give us mugs of hot chocolate to warm our hands and our tummies.

On Mondays my teacher would make us write about our weekend and then read it aloud to the class. Some of the kids were jealous and I remember that they said mean things to me, saying I was spoiled. But when I was nine, I didn't understand...I thought every kid lived like we did. Lots of kids wanted to be my friend, and sometimes Mom and Dad let them come with us to the cabin by the lake. Some of the kids in my class went to the same church as us, and so they came with us lots of times.

• • • •

I sit on the edge of my bed, my face still smarting from where Mom slapped me. I look in the mirror and see a red handprint on my cheek. I feel hatred towards her.

I'm thirsty, so I go to the kitchen and get a Coke. Actually it's not a real Coke, but it's in a similar can. Once, Mom would never buy anything but name-brand things, but now she buys cheap things, and she blames me.

I go back to my room and lie on my bed again.

Looking back, my life was great up until I was eleven. It seems weird to think about my life before then, for I feel as if I'm a totally different person, and the memories I have when I was little belong to someone else. It's weird and I hate it. I didn't ask for any of this.

• • • •

I remember the day it first started. It was my eleventh birthday. We were supposed to be going ice-skating, but I couldn't go because I got sick. Mom had taken Rachel and Ryan, but I had to stay home with Dad. I wasn't too disappointed because it meant that I had my dad all to myself. I adored him and I felt that he adored me, too. Sometimes Rachel would get jealous and would be mean to me. She'd pout and say that it wasn't fair when he played with me or took me to the store and left her behind. He'd make me giggle when he did silly things in front of people, and sometimes he made me laugh so much that I wet myself.

But sometimes he would get angry, and I'd be scared. It seemed that Ryan made him mad, but I couldn't see what he did to upset Dad—well, except the time when he spilled grape juice on Dad's new white leather sofa. Dad didn't like it when we messed things up, and he'd get after us about being tidy. I didn't mind trying to be tidy because I loved my dad so much that I'd do anything for him.

Even though it was my birthday and I didn't get to go to my birthday party at the skating rink, I was with my dad. If I had tried to go, I don't think I could have stood up because I felt so bad. I felt dizzy and my nose was running. I had a cough and I was shivering. Dad put a comforter around me and drew me close to him on the sofa in front of the fire.

"Come here, my special birthday girl," he had said.

I nestled into him and he patted my hand and put a kiss on my forehead.

I felt so sick that all I'd wanted to do was sleep, but it had felt nice to feel his strong arm around me. He'd touched my forehead and said, "My, you're burning up, baby."

Although my head was hot, I was still shivering.

He handed me a glass of Coke and I sucked through a straw.

"Take these," he had said, handing me two white pills. "They'll make you feel better. C'mon...there you go."

I swallowed hard, my throat raw. Coke dribbled down my chin onto the sofa. I felt a flash of dread as I remembered how mad he'd been when Ryan spilled grape juice on it.

He put the glass back on the smoked glass table and took out his handkerchief, blotting the dribble without saying anything. I waited for him to scold me, but it never happened. I felt confused. He just pulled me closer to him, and when I realized that he wasn't angry, I relaxed and drifted in and out, not really going to sleep, but not really being awake either.

Dad murmured in my ear and sounded far away. "This will help you breathe more easily."

He reached inside my pajama top, and I winced as something burned my nose.

"It's okay, baby. I know it smells, but it'll help you breathe; honestly, trust me."

He rubbed something onto my chest, and the smell made my eyes water. It made me cough.

He crooned into my ear, even though I was coughing so hard that I feared I might throw up. "Sit still, baby. C'mon."

He continued to rub the foul smelling stuff on

me, and it made my chest feel a strange burning sensation.

"There now, isn't that better?" he said, as I tried to control my breathing but ended up sneezing snot everywhere.

He moved his hand away and gave me a tissue so that I could blow my nose. There was snot on his best sofa, but he didn't say anything. He threw the tissues into the fire, and I watched them flare up and die, as he pulled me back towards him.

"My mom used to rub this stuff on my chest when I got sick as a kid," he had said. "It's great for colds."

He put one arm around me and with the other he began to rub the grease into my chest again. I wanted him to stop because I felt another sneeze coming, and I was scared that he'd get mad if I got more snot on the sofa, but he didn't stop.

His fingers worked their way down to my nipples and he started to play with them.

I was shocked and scared. I didn't have breasts like Rachel had, but I knew that I would have them one day and that he shouldn't be touching them, even if it was only to rub medicine into my chest.

He didn't stop. He placed a small kiss on my burning forehead, and then kissed my cheeks, all the way around to my mouth. I wanted to tell him to stop, but as I opened my mouth he frightened me. I couldn't breathe. I could smell cigarettes on his breath and then he did something disgusting...he stuck his tongue in my mouth.

I struggled to push him away, and I sneezed and coughed all at the same time. He let go of me as I sprayed him with snot, and even though I felt dizzy, I stood up and ran to the bathroom.

My heart was racing. I was afraid. He opened the bathroom door, and I had nowhere to go when he took my hand and led me to my bed.

"You'll be okay," he said, as he tucked me in and told me that I had a cold; that was all. He ran his finger down my face and kissed my forehead, before leaving my room.

I didn't know what to think. I knew something wrong had happened, but then Dad seemed back to his normal self, the Daddy I adored, and I wondered if I'd imagined it—after all, I'd been so sick and had a fever.

A few weeks had gone by and I got better. I had forgotten about it until one Saturday when Mom had taken Ryan to soccer practice. Rachel was at her friend's house. Dad had been really mad at Ryan, although I didn't know what he'd done wrong, and he'd refused to take Ryan to soccer practice, so Mom had to go. She was angry with Dad and Ryan, as she'd wanted to go into town to get her nails done.

I heard her shouting at Ryan as they went out the door. "Why d'you have to upset your father so much? Why do you always have to do it?" Ryan was crying as they went out the door.

My tummy was churning...I hated it when Mom and Dad got angry. I felt angry with Ryan, too, for making my dad mad.

I went into the living room and turned on the TV. Dad came into the room and I looked up at him, expecting him to be frowning, but he wasn't. He smiled at me and sat next to me.

"Shall we go out? We could go into town and then go and see a movie," he asked. "After all, you missed your birthday party."

My heart leaped.

"Yes," I'd cried, feeling excited. I ran to grab my jacket and stood in the kitchen waiting for Dad to get his.

He drove into town and parked in the mall parking lot. "Okay, first things first. Let's go shopping."

I felt a flash of disappointment; I thought we were going to the movies. He saw the look on my face and laughed.

"Clothes shopping, silly. Let's go and get you something pretty to wear."

He took my hand and led me into a store.

"What do you like?" he asked me, when a lady came over to us and said, "Can I help you?"

There were racks of clothes everywhere, and I didn't know what to pick, but Dad held up two dresses.

They were a bit frilly and I already had lots of dresses to wear to church. He saw the frown on my face and put them back on the rack. He held up two more.

"Do you like these?" he asked. "I do. I think you'd look beautiful in them."

I didn't really like them but I could tell that Dad did, and I wanted to please him, so I nodded.

"Go and try them on," he said, and I went behind a curtain and slipped out of my jeans.

I struggled to pull the first dress over my head and get my arms into the right holes, and the lady asked if I needed any help. I felt shy but let her do the zip up because I couldn't reach.

"Come out and let me see," Dad said.

I stood in front of the curtain and the lady smiled at me, and Dad said, "Oh, you look beautiful, like a princess. Go and try the other one on."

The lady helped me out of the first one and into the second, and I stood in front of Dad again.

"We'll take both of them," he told the lady.

She smiled at me and said, "You're a lucky girl to have such a generous Dad."

I went to take the dress off and put my jeans back on but Dad said, "No, Ruby, leave it on. You look beautiful."

The lady took my jeans and put them in the bag along with my other new dress. Dad paid and then took my hand. We wandered down the mall.

"Let's get an ice cream," he said. "We've got a while before the movie starts."

I sat on a tall stool, while Dad went to buy me an ice cream, feeling a bit self-conscious sitting in a frilly dress on a Saturday. Other kids were looking at me and whispering. It seemed okay to wear fancy clothes on a Sunday when going to church, but it felt wrong to wear them on a Saturday in an ice cream shop.

Dad sat next to me and I ignored the other kids as we shovelled ice cream into our mouths. It was good. I tried really hard not to spill any on my new dress.

When we'd finished, we stood in line to get our tickets to the movie.

Dad got me a huge bucket of popcorn, a big bag of candy, and a cup of Coke so big that he had to carry it. I was scared I'd drop it.

I followed Dad up the steps in the dark to the back row of the theater. He stood aside so that I could go to my seat first and then he followed me along the row.

I felt excited. I'd wanted to see this movie for ages, as all the kids at school had been talking about it.

Dad put the bucket of popcorn on my lap and we dove into it as commercials flashed across the screen. My mouth was full, and the buttery smell filled my nose. There was rustling everywhere as kids and their parents were waiting for the movie to start.

He leaned over and whispered in my ear.

"Are you enjoying yourself?"

I nodded, my mouth full.

The movie started, and I felt a thrill course through me. My eyes were glued to the screen and I barely noticed Dad finish the popcorn.

He took the empty bucket off my lap and placed the bag of candy on my lap, whispering in my ear, "For you, baby, have what you want."

I had put my hand idly into the bag and brought out a long piece of candy shaped like a snake and I began to suck on it, watching the screen.

As I watched, my stomach full of popcorn and Coke, and sucking on a gummy snake, I felt Dad's hand touch my barc knee.

I ignored it at first, thinking that he was reaching out in the dark to find the bag of candy, but then I froze. His hand was under my dress and it inched up my thigh. I wriggled in my seat and coughed loudly. He stopped moving his hand but left it resting on my thigh.

Looking back, now that I'm fifteen and am grown, I can't believe how stupid I was. He sat next to me and waited until I was okay with his hand being on my thigh; and that's what happened...I was okay with it, as the movie played on.

Little by little he edged his hand up my thigh until we got to the part in the film that I'd been waiting for...the scene all the kids at school had told me about. Just as I gasped, Dad moved his hand all the way up my thigh. I didn't know what to do, because I was so excited, wondering what was going to happen next on the screen, but my attention was torn between that and my dad's hand.

I began to fidget. Dad leaned over and whispered in my ear, "Shhh, sit still. You don't want to get thrown out, do you?"

No, I didn't want to get thrown out, and so I sat there, trying to concentrate on the film, but feeling frightened as Dad's hand crept into my panties. I wished that I had my jeans on.

I don't remember the rest of the movie. He stopped as I began to fidget, but he didn't move his hand away. He just leaned over and told me to sit still and be quiet or we'd get thrown out. His voice sounded irritated and my stomach churned with anxiety. I hated it when Dad got mad, so I sat still and tried not to cry.

I was frightened. Why was my dad doing that to me? I didn't understand...I was only eleven. I still believed in Santa Claus. I didn't know what to do. I just stared ahead, watching the screen, but saw nothing. Finally he stopped and moved his hand away.

After a few minutes he leaned over. "Have you finished all your candy?" he whispered in my ear.

I shook my head. I had a big lump in my throat

and I didn't want to eat any more candy.

After the movie had finished, Dad held my hand tightly as we walked down the steps in the theater when the lights came up. He still held my hand as we walked surrounded by crowds of people out into the parking lot.

When we got to the car—and I remember it being weird—even though it was snowing, Dad sunk down onto his knees in the snow, wetting his clothes. He held both my hands and looked into my eyes. He was smiling at me, but I couldn't smile back. I wanted to cry because something had happened to my dad, and as I looked at him, the dad that I adored, he looked different to me. There was something in his eyes that had changed and I was too young to know what it was. As I look back, I know what it was; it was fear. He had to make sure that I didn't tell.

He tugged on my hands and smiled at me.

"You know how much I love you, don't you? You're my special girl. D'you understand? We have something special between us, a secret, and only those who are special get to share a secret. You're my princess, my special little girl. I love you. I give you more than I give Rachel and Ryan and that's because I love you so much and you're my special girl. But you know, you can't tell anyone about our secret because it's ours, just yours and mine, okay?"

I nodded, not knowing what to say. I was freezing, standing there in a frilly dress and jacket in the snow.

He smiled at me again, and said, "Only special girls get treats. Did you like your new dresses?"

"Yes," I said, lying.

"Did you like your ice cream?"

"Yes."

"Did you like the movie?"

"Yes."

"And did you like the popcorn?"

"Yes."

"And did you like the Coke? I got you the biggest," he said.

"Yes, I love Coke."

"And which was your favorite candy?"

That was easy...the gummy snake.

"So, you had a good time, right?"

"Yes, I did. Thanks, Dad."

He stood up, and brushed the snow from his knees. He opened the car door.

"So, you're my special little princess, right?"

I nod.

"Y'know, not everyone is special, but you are. When you're special you can't let other people know that you are, because it would hurt their feelings if they thought they *weren't* special. Can you understand that?"

Even though I was only eleven, I could understand that. Rachel cried sometimes when she got left behind when Dad took me out. She was jealous. It wasn't my fault that he didn't take her, but I didn't want her to feel hurt, so I knew that I couldn't ever let anyone know just how special I was to Dad.

He fastened my seat belt around me, and stroked my face. I felt so cold that I was shivering. I felt confused as he drove home and I couldn't think of anything to say. At the age of eleven I didn't know that I'd been manipulated and used. All I thought was that I was "special" to my dad, and I didn't want to hurt anyone by letting them know that they weren't as special as me.

As we pulled into the drive, Dad said, "Now, don't forget. Our secret's ours. You don't want to hurt anyone, do you?"

"No, Dad."

He held my hand and we walked through the door.

As soon as the door shut, Rachel started yelling at me. "Why have you got a new dress? Mom, it's not fair."

I went to open my mouth to say that it wasn't my fault if I was special to Dad, but then I remembered that I couldn't tell, so I closed my mouth, as she continued to whine.

Mom was mad. "Why didn't you buy Rachel one as well?" she snapped at Dad.

I felt awful and I ran upstairs and took the dress off. I hated it, and I wondered whether it was the way I looked in that dress that had made Dad do what he did to me. I never wanted to see that dress again, so I threw it in the bottom of my closet and put my jeans on.

Mom was still nagging Dad when I went downstairs.

"Listen," he said. "Ruby was sick on her birthday, and didn't go to her own party. I got her a new dress to make up for it, okay? Now stop!"

I noticed that he didn't own up to buying two new dresses, and I didn't say anything.

Rachel scowled at me and walked away.

We sat around the dinner table in an uncomfortable silence, which Mom broke. She asked me if I'd had a good time, and Dad glanced at me. There was a shadow lurking on his face, and maybe he saw one lurking on mine. I told her I'd had a great time.

Ryan seemed happy, too; he'd scored a goal.

"Why couldn't you do that when I go with you?" Dad said to him nastily, and he stopped smiling.

I felt bad for Ryan.

Chapter Two

When I think about it, now that I'm fifteen, I feel angry with myself. I was so easily bought. He only had to take me somewhere, promise me something, give me candy or money, and I'd forget, or ignore, everything he did to me. I feel stupid and sickened by myself at how easily I allowed my dad to buy me.

When I was a kid, time seemed weird. The days after the trip to the movies dragged by as I was guarded and anxious, but when Dad didn't touch me again, I started to relax. I even wondered whether I'd imagined it. The days ran into one another, and I can't remember how long it was before Dad scared me again.

It happened when everyone else was out, and I was in the bath. I don't know where they'd gone, or why I wasn't with them.

Dad had bought me new bubble bath and insisted that he wash me.

He'd said that he had to show me how to clean myself properly, now that I was growing older. He told me that he was just being a good dad. I didn't know any better. I just thought that all dads did that.

After the bath he gave me a present...the Bratz doll I'd wanted. I was excited, but he told me not to let Rachel or Mom see it or they'd be angry. I ran upstairs and played with it, and when I heard them come home, I hid the doll in my closet behind my clothes.

It got worse soon after that because Mom worked in the evenings at a nursing home, helping to put old people to bed. Dad put us to bed, and although he didn't come to my room every night, some evenings he would read a story to me, and those evenings always ended the same way—with him kissing and touching me.

I asked Mom why she had to work, and she said that she was saving to take us to Disneyland. I told her that I'd rather have her home every evening than go on vacation, and she told me I was ungrateful.

I had stomach aches every day as I wondered whether Dad would want to read to me that night. My teacher used to get mad at me because I couldn't concentrate at school.

It just got worse and I felt trapped in a place where I couldn't be a kid anymore. I wanted to be the kid I was the day before my eleventh birthday; the kid that adored my dad and believed in Santa Claus, and that fairies lived in the corner of our yard.

As the months slipped by and I grew taller, I hated my body because it began to change. When Dad came to my room, he would stare at my growing breasts, and I felt embarrassed. I didn't want to grow into a woman, and even though I knew that having the body of a little girl hadn't stopped Dad from touching me, going through puberty seemed to make him worse.

At school I learned about sex, and although the teacher tried to teach us that it was a normal part of life and nothing to be embarrassed about, to me it was revolting. She had said, "I'm not telling you all to go out and try sex, far from it. Sex is wonderful when you meet someone you love with all your heart." I felt damned. She wiped away all the childish excuses I had in my head that told me what Dad did to me was what all dads did. I left her lessons feeling ashamed and dirty, with nowhere to hide. I couldn't look at anyone because I was sure that they all knew and could tell just by looking at me.

Though I was grossed out by what my dad did to me, what was even worse was that I felt I'd lost him, even though he said I was his special girl. The dad I had after my eleventh birthday seemed like someone totally different from the one I had before that day, and I missed him so much. I wanted that dad back. I didn't to be "special," I just wanted my old dad back and the new one to go away.

After I was eleven, I seemed to become someone else. I had a stomach ache all the time and I tried to tell Mom that my stomach hurt, but she told me to stop seeking attention. Why couldn't she ask the right questions?

My grades slipped from A's and B's, and Mom nagged me to do better...Dad didn't say anything, and it didn't occur to me that it was odd he should nag Rachel about her grades but not me. Mom nagged me, and I didn't know what to say.

I couldn't concentrate in class. I tried, but my head was full of dread...how would Dad be today? It was really hard to be interested in math and history when all I could think of was what was going to happen to me when I got home.

I began to focus on Mom's schedule—when she'd be home or at work. I became sneaky. I'd work out when to ask to be allowed to play at my friend Bella's house, so that I wouldn't be at home when Mom wasn't there. Dad would be angry when I got home, and my stomach ache got worse.

Uncle Robert, who had married Sally by the time I was twelve, came to stay once, and sitting on Sally's lap made me feel safe. Mom was mad at me and told me not to be such a baby—after all, I was twelve, and too old to be cuddled. I remembered thinking, "That's not what Dad thinks."

Everything began to slip through my fingers like dry sand. I felt trapped in a world where there was only me, my fear, my shame, and my sneakiness. My world consisted only of avoiding Dad, yet as I became good at it, he became better. Even though I was just a kid and didn't realize what he was doing, I knew that we were locked in a weird, silent, secretive game. I couldn't tell anyone why I couldn't concentrate, or why I was so obsessed with who was in the house and who wasn't.

I became obsessed with Rachel and Ryan's schedules, too, and Mom kept telling me not to be so nosy. She would say, "If you spent as much time worrying about your school work as you do about what I'm doing, or what Rachel and Ryan are doing, you'd get A's again."

I felt ashamed and helpless. Schoolwork was like some distant foreign language, one I couldn't understand. All my thoughts were honed in on how to stay safe—how to prevent being alone with Dad. Yet through all my crazy, mixed up thoughts, I felt terrible. I missed my dad, the man he was when I was little, and I didn't know what to do with the pain I felt, knowing that the man who had once been everything to me was gone forever. As I tried to distance myself from him, he seemed more determined to get closer to me.

Little by little, as I turned twelve, then thirteen, all my friends turned against me, except Bella. I used to have kids stay for a sleepover before I was eleven, and when they came, Dad had been great. He made them laugh, and I'd felt fantastic when they said I had the greatest dad in the world. But after I was eleven, I couldn't ask any of my friends to come and stay in case he did something to them, and my dirty secret would be discovered. I lived in fear of that happening.

Mom yelled at me, saying my teacher reported that I was sullen and moody, and my grades were awful. Rachel, who got straight A's, laughed at me, and I wanted to hurt her for being so mean to me when I lived with such pain and fear. I wanted to tell her that Dad had told me she wasn't special to him, but I couldn't. If I did, I'd have to explain what "being special" meant.

Dad became like a cheetah, an animal that was cunning and hungry, and I felt a sense of hopelessness and resignation. It was all my fault...somehow I'd obviously asked for it to happen.

I would look in the mirror. Mom had often said I was pretty; had I asked for this to happen in some way? I didn't want to be pretty if it made Dad do those things to me. I decided that I was going to do everything I could to try and get his attention off me.

I began to eat as much as I could, and I started to get fat. I didn't wash either. I thought that if I smelled bad, he might leave me alone. But nothing stopped him, and the only thing that happened was that the kids bullied me at school because I smelled.

I was lost in a place where I couldn't win. My grades at school were E's and F's, and Mom got on my case every night about it. She told me how good Rachel was doing at school, and that she was on the Honor Roll. Mom asked me—and I know she was angry when she said it—why couldn't I just do better and then perhaps I'd be on the Honor Roll, too, like Rachel.

"Say something," she nagged at Dad. "Surely you agree with me?" she demanded of him.

"Yes, of course."

But he didn't say anything else, and now, as I think back, of course he didn't want to get into it with Mom about the reasons why my grades had slipped so much.

I couldn't talk to Bella, because I felt so dirty. I was scared that she'd be disgusted and wouldn't want to be around me anymore. I couldn't bear the thought of losing my only friend, so I said nothing.

I felt trapped, and every time Dad crept into my room and told me how much he loved me and how special I was, I felt sickened, ugly and dirty. I *knew* that it was my fault and I was doing something that made him touch me. I didn't know what it was, so I didn't know what to do differently.

Every night I would pray that he'd go back to being how he used to be, the dad I adored, the dad who let me make fancy cocktails with pieces of fruit and wobbly paper umbrellas, and who played in the lake and the snow with me. But every morning my prayers were left unanswered.

As I went through puberty, I longed for my period to come, because then he left me alone. Although my period was messy, smelly and painful, I wished that I could have it for the rest of my life.

Life in our family was awful. Ryan still cried all the time, getting on my nerves and everyone else's. And although Mom lived in our house, it seemed as if she wasn't part of our family. She was always out or busy. My sister hated me because she thought I was Dad's favorite, and she taunted me, saying, "She's so special." It was so unfair. She didn't know how much I hated the word "special." I never wanted to be special. I hadn't asked to be, and as my sister hated me, I felt locked in a place from which there was no escape. I couldn't save myself; I didn't know how.

Everything changed for me, though, one weekend when I was thirteen. Mom had said that once I'd done my chores, I could go to Bella's house. She had to do an extra shift at work. Rachel was on the girls' soccer team and had to practice before their game.

I hurried through my chores. Mom had shown me how to make a pot roast, so after I'd finished mopping the kitchen floor, I put a big piece of beef into the slow cooker and started chopping loads of vegetables.

Dad hovered over me, but I felt safe because Ryan came into the kitchen, too. "Y'know, Ruby, you really are a good cook."

"Can I help?" Ryan asked.

"Yeah, why not?"

I handed him a peeler and he got to work on the carrots. He glanced at me but didn't smile. There was something in his face, something I couldn't read.

"D'you guys want lunch?" Dad asked.

I told him, "No," but Ryan nodded.

"What d'you want?"

He shrugged.

"Do you want your favorite?" Dad asked. "Hot Pockets."

Ryan glanced between me and Dad, and then nodded.

"You sure you don't want anything?" Dad asked me, as he went to the freezer.

"No, thanks. Mom said that once I've finished my chores, I can go to Bella's house, and she's waiting for me," I'd said, wanting to get out of the house as soon as I could.

Dad shrugged and put the Hot Pockets in the microwave.

I piled all the vegetables into the slow-cooker and put the lid on. "I'm done," I said. "I'll see you later."

I headed through the door, relieved to be out of the house, and as I walked down the road to Bella's house, the tension inside me slipped away.

She opened the door.

"Hey girl," she said. "I can't come out. My mom's sick and has gone to the doctor. I'm babysitting my little sister. Dad's mad at me because the last time I babysat, I had friends around and he said I didn't take care of her properly. He said I can't have my friends in when I'm supposed to be babysitting. He's not here, though, so you can come in for a while if you like." She grinned at me, and said, "But I'm warning you, she's a real pain."

She made me laugh. If her dad was out, then what harm would it do for me to hang out with her?

She was right; her little sister was a pain. She climbed all over me and wouldn't leave me alone. I tried to play with her but she was wild...crazy.
Bella put on a movie and we sat on the sofa, passing her kid sister between us, dodging her head to watch the screen. It wasn't only her little sister who was wild; her puppy was, too. It yapped and tried to jump up, and Bella chased it across the room,

shouting, "In your box, you crazy mutt. Dang, that dog's a nightmare."

We were half way through the movie when Bella leaped up.

"Hey, you'd better go. Dad's back and he'll be mad if he knows I let you come in," she said, with panic in her voice.

"Okay. See you at school."

I left through the back door and wandered back up the road to our house. I wasn't in any hurry.

I opened the kitchen door, which was always unlocked, and instantly my senses were alert. My stomach started hurting. I could hear Ryan crying. Even though he cried all the time, there was something in the way he cried that made me shiver.

I walked through the house which was filled with smells of the pot roast. Ryan was howling.

"Hey," I shouted, "I'm home."

Ryan quit crying right away, which felt weird.

I went back into the kitchen and lifted the slow-cooker lid to stir the vegetables into the juice that the meat had made. It smelled good and I knew that Mom would be pleased with me.

Suddenly Dad appeared at the kitchen door. "Hey, princess, you're home early."

"Yeah, Bella couldn't come out; she had to babysit her little sister."

"Oh," he said, going over to the sink to wash his hands.

"What's wrong with Ryan?"

"Nothing, you know what a baby he is," Dad said. "I just told him to clean his room and he started bawling."

He dried his hands on a towel and then went outside to mess with his car. He liked to shine the chrome.

I could hear Ryan crying quietly, so I went up the stairs, following the sounds, which were coming from the bathroom.

I opened the door, and something happened inside me, something that changed me and my life forever.

Since my eleventh birthday I'd believed that there was something about me that made Dad touch me—it was all my fault, I was certain of it—and knowing that made me feel dirty and ugly. I couldn't get angry with him because I *knew* that it was my fault. But in that split second when I opened the bathroom door, something changed inside me. I was filled with such anger that I wanted to scream.

Ryan was bent double, his face raw against the carpet. His pants were around his ankles, and his ass was exposed.

I felt so sick that I didn't know what to do. My head was spinning. It was one thing to lie to myself and live with the fear and disgust that I believed I'd invited into my life, but it was something else to see my brother lying broken on the floor.

As I looked at his face and the way he grabbed at his pants to hide his shame, I knew what had just happened in the bathroom, when Dad thought that everyone was out. The look of shame on Ryan's face mirrored my own.

I was only thirteen, but in that moment I felt ancient. I felt as if I had the weight of the world upon my shoulders. I knew that I couldn't make excuses for Dad anymore. I had to do something.

I felt utterly terrified and didn't have a plan. All I could think of was that I had to help my brother. The look of betrayal and defeat on his face made me want to throw up.

"Shhh," I said, helping him up. "Shhh, we have to get out of here."

Tears were pouring down his face and I hugged him as hard as I could. I wanted to cry, too, because it dawned on me, like some vile fog threatening to suffocate me, why Ryan was always crying, and he'd been crying for as long as I could remember.

"Blow your nose," I ordered him. "C'mon, I don't want Dad knowing that I know, okay?"

I was scared that Dad would try and stop me if he knew what was in my head. I was going to the police.

Ryan blew his nose, noisily.

"What're you going to do?" he asked.

I didn't want to tell him because I couldn't be sure that he'd go with me. I was scared that Dad had frightened him into not telling in the same way he had frightened me, so I decided to lie to him.

"Nothing, we're just going to get out of here, right now, okay?"

We slipped out of the back door and hurried down the path that runs behind our house.

Ryan couldn't run, though, and when I saw him wincing in pain, I slowed down.

We caught a bus at the end of our road. When we got into town, we went to the police precinct immediately. Ryan looked frightened but I forced him up the steps.

We went through the double doors, and by the time we stood in front of the counter, Ryan was crying and tugging on my sleeve.

"I need to go to the bathroom," he whispered. "I have to." I hung onto his tee shirt, though, and wouldn't let him go, because I was scared he'd run away.

I blurted out to the policeman what had been happening and Ryan continued to cry, saying that he needed to go to the bathroom desperately.

A policeman took him away and a policewoman took me to an office.

"Now, tell me all about it..." she said. And so I told her everything—absolutely everything—that had happened since my eleventh birthday. I felt dirty and disgusted with myself, but I told anyway.

I don't know how long I sat in that office, and I

didn't know where Ryan was. It seemed like forever. They brought me a burger and a Coke and asked me loads more questions.

It had gotten dark outside. Suddenly the door opened. Mom stood there. I felt a flash of fear at the look on her face; she looked really mad.

"What lies have you been telling?" she demanded, shouting at me.

The policewoman asked her to be quiet and invited her to sit down. I barely heard the things she told Mom, except the part when she said that Dad had been arrested.

I felt sick and afraid. I wanted him to stop touching me, but I didn't want him to be arrested. I didn't know what would happen.

"Where's Ryan?" I asked.

Mom turned on me, and she looked as if she hated me.

"Thanks to you, he's been taken into foster care."

"Nooooo," I cried, and tears fell down my face.

I felt so guilty as Mom drove me home. I didn't know where Ryan was and it frightened me.

"How could you?" Mom said, her face contorted with anger. "After everything your dad's done for us, for *you*! You were his favorite. How could you treat him this way?"

I felt sick. Why wouldn't Mom believe me? Why wouldn't she believe Ryan? I didn't understand.

I cried, my mom's betrayal hurting more than my dad's. "I'm telling the truth," I sobbed. "Dad's been touching me since my eleventh birthday, and I saw what he did to Ryan today. Dad hurt him badly."

She slapped at me as she was driving, and we swerved across the road.

"You're lying!" she screamed at me.

I cried as the image of Ryan on the bathroom floor flashed into my mind. I felt so sick. Even though Dad's been touching me and kissing me for two years, he'd never done *that* to me. I felt relieved, but then I felt a sense of shame thinking about how scared Ryan must have been. I felt ashamed that I had picked on him, the same as Mom and Rachel had done, for always crying. I didn't seem to be angry about what Dad had done to me, but I was when I thought about how much he'd hurt Ryan.

I sat as far away from Mom as I could while she drove home. My head hurt and I wanted to die. I wanted it all to go away.

It was awful when Mom put her key in the door... Rachel flew at me, and I fell to the floor. She clawed at my face, screaming at me, calling me a liar. As I curled into a ball to protect myself, she unleashed every hateful thing she'd ever felt about me.

Mom pulled her off. I scampered away, and shot up the stairs.

Rachel screamed at me, and Mom held onto her so that she couldn't follow me.

I slammed my bedroom door shut, laid on my bed, and sobbed into my pillow. When I couldn't cry anymore I sat up and looked around my room. I had everything a girl could want. My closet was full of clothes and shoes, and I had boxes and boxes of toys that I'd grown out of. Yet I would trade it all to be poor if only I could have my old dad back...the dad I knew before I was eleven. I would trade everything to know that Ryan hadn't been hurt, and I hadn't added to his misery by picking on him because he was always crying.

I could hear Rachel coming upstairs; she was crying.

"Go to bed," I heard Mom say. "It'll be okay, they'll realize that she's lying. Go on."

Mom opened my door and I sat up, feeling scared. She pointed her finger at me and sounded like she hated me.

"Now, tomorrow, I'm going to take you to the police precinct and you are going to tell them that you lied. Do you hear me?"

I shook my head and begged her.

"Mom, I'm not lying, I swear I'm not."

She looked as if she was going to hit me, but she changed her mind and slammed my door instead.

I cried myself to sleep. I felt so guilty. Because of me, my brother was in foster care and my dad was in jail. Rachel hated me even more than she always had, and now Mom did, too. If I hadn't walked in on Ryan and learned the truth, I'd never have told anyone about what Dad did to me, but something happened to me when I saw Ryan lying on the bathroom floor, with agony and shame on his face. I had to do something to help him. But all I did was to get Ryan taken away and have my dad arrested.

I felt eaten up with guilt and barely slept all night.

Chapter Three

Mom opened my door. It was morning.

"Get up," she snapped. "Get dressed."

I got ready for school and went downstairs, feeling scared. I wasn't ready to handle the hatred on Mom or Rachel's faces.

Rachel was crying.

"How can I go to school?" she cried. "What if anyone finds out?"

I looked at her and I felt angry...*she* was scared. Now, perhaps she'd understand what I'd had to live with for nearly three years.

She was scared that someone would find out about the things that Dad did; she made me sick. What about Ryan and me and the fear we had endured—the fear that someone would discover our dirty secrets?

"You evil bitch," she cussed at me. "How could you tell such hateful lies about Dad?"

She looked at me as if she were seeing me for the first time. "Oh, I get it...you're *jealous*. Dad's been spending some time with me lately and you don't like it, do you? Always been Daddy's 'special' little girl, Daddy's favorite, haven't you, or thought you were. You just can't take it, can you, so you made up lies about him. I hate you. I wish you were dead."

I didn't know what to say. I wanted to hit her. I think I hated her as much as she hated me in that moment, but Mom intervened.

"Go to school, Rachel. I told you, everything will be okay." Rachel grabbed her bag and left, cussing at me under her breath.

Mom stood against the sink, sucking heavily on a cigarette, and I noticed that her hands were trembling. I couldn't eat any breakfast and I went to pick up my bag for school.

"Oh no," Mom said. "I told you, we're going to the police and you are going to tell them that you were lying. You're not going to do this to our family. Haven't we given you everything?"

Her voice became shrill, and my stomach churned with anxiety. I wanted it all to go away.

"You make me sick," she spat at me. "Dad's given you everything; you're his favorite, and I've kept out of it. I shouldn't have. I should've made him treat Rachel and Ryan the same as he treated you, but to keep the peace I've said nothing. You're a spoiled little brat. How could you do this?"

Tears pricked my eyes as guilt flowed through me. I never asked to be Dad's favorite. But then I felt angry. I'd paid for being his favorite for nearly three years. My stomach twisted with guilt again. I hadn't paid as much as Ryan had.

Dad had done things to me, things that made me sick to think about. Okay, he'd never had proper "intercourse" with me, but he'd become more daring as I'd gotten older and had persuaded me to do things to him with my mouth, even though I was totally grossed out. But thinking about it now, I realize that he hadn't hurt me in the same way he'd hurt Ryan.

I felt lost in a crazy place—a place where I was grateful that my dad hadn't hurt me as badly as he had Ryan, yet a place where I wondered why Dad had treated him differently than me. I didn't get any of it. I didn't have the words to make sense of it, and as Mom threatened me, telling me that I had to tell the police that I'd lied so that Dad could come home, I felt more lost than ever.

She pushed me into the car, and I barely heard what she was saying as she drove downtown. She parked, and I sat there. I didn't know what to do. She got out of the car, came to my door and opened it.

"Listen, young lady," she said, threateningly, "you are going to put this right. If you want to lose everything your Dad and I have worked for, then carry on lying. But I'll tell you this: Your dad and I don't deserve what you're doing. I'll never understand why you've lied—never—but whatever the reason you've done this, you need to take it back."

She pulled me from the car, and said, "Now, get in there and tell them that you lied."

She pushed me across the parking lot and up the steps.

It occurred to me that at this time the day before, I had been thinking about making a pot roast so that I could hang out with my friend. How could things have changed so much in twenty-four hours?

She pushed me through the double doors and up to the counter, where a policeman asked what he could do to help us.

"My daughter wants to retract her statement," Mom said, almost before he'd finished talking.

I glanced at Mom, as he went to find a file.

She hissed at me. "Take it back, Ruby. Take it back if you care anything about me and your dad. Take it back, even if you don't care about your brother and sister. If you don't, we'll lose everything, and you can kiss goodbye to the fantastic life your dad and I have worked so hard to give you."

The policeman came back to the counter and told us to follow him.

My stomach hurt worse, and I had to go to the bathroom, where I made a bad smell. I wondered whether Ryan had done the same yesterday when he was so insistent that he had to go to the bathroom. I didn't know what was happening to me. I couldn't think straight, and I had no control over my body.

After I'd been to the bathroom four times and my ass felt raw, I sat next to Mom, opposite a policewoman. I felt sick, and Mom kept glancing at me...her face urgent and threatening.

"Okay, Ruby. Tell me again what you saw yesterday," the policewoman said.

My thoughts bombarded each other. I didn't know where my brother was, my mother and sister hated me, and my dad's in jail, all because I told.

I opened my mouth without knowing what I was going to say.

Mom said, "Ruby?"

I felt defeated. I didn't want my dad to be in jail, nor did I want my brother to be taken away.

I could feel Mom sitting up straight, tense, and threatening. Mom and Rachel had been hateful to me last night and this morning; how would they be towards me if I stuck to my story? I didn't feel strong enough to be able to deal with them, and so I took a deep breath and lied.

"My dad didn't do anything to me, and Ryan was crying because Dad had told him to clean his room."

I felt Mom's shoulders drop with relief, and in that moment I hated her, and I hated myself. She'd let me down, and *I'd* let Ryan down with a simple lie.

The policewoman gave us a weak smile and scribbled something down on the file in front of her. I'd done what Mom wanted, but I didn't know how to behave. I didn't know how to react as the policewoman searched my face and looked at Mom. I was too young to realize that the policewoman was reading my discomfort and my Mom's false smile.

The policewoman looked from Mom to me and back to Mom again. She stood up and left the room.

Mom said, "You did the right thing, Ruby. Good girl. It's not right to tell lies."

I lowered my eyes and studied a spot on the floor. No, it's not right to tell lies, but that's what I'd just done. I had lied because I knew that Mom didn't want to know the truth. She wanted to live in our big fancy house, have loads of money and lots of vacations.

I didn't want to look at her because, even though I was only young and didn't know how adults thought, I felt sold short. She had manipulated me with the same skill that Dad had over the past three years, only she had a different goal.

I felt sickened and betrayed, but I sat there watching the spot on the floor, not talking to her and praying that the policewoman would come back soon. I needed her to break the silence between us—a silence heavy with lies and deceit.

At last the policewoman came back. I tried to read what was in her face, but I couldn't pick anything up. Normally I was really good at reading what other people were thinking—I had to be, so that I could predict what Dad was going to do. But right then, when she came back into the room, I couldn't tell what she was going to say. I needed the bathroom again and tried to settle my stomach by folding my arms around it, pressing hard.

The policewoman spoke. "Ma'am, I'm sure you want to get to the bottom of this, and to do that everyone has to tell the truth."

Mom bristled, and I could tell that she was agitated.

"I don't know why you've brought your daughter down here to retract her statement, and I'm not going to push you on it, okay?" She had a warning on her face that silenced my mom.

"It doesn't matter what Ruby says or doesn't say. Ryan was examined by a doctor and he has extensive damage to his rectum that can only have happened if he had been sexually abused."

I felt very afraid as the policewoman forced

Mom to face the truth, and I also felt grossed out. The image of Ryan on the bathroom floor flashed into my mind, and it was so awful that I wished I'd never seen it. Although I should have been relieved that Mom would know I'd been telling the truth, I was scared because she'd be mad that I couldn't retract my statement. I had tried to do what she'd asked but the policewoman wouldn't let me. I felt sick and scared because I didn't know what would happen next.

I had told the truth and stuck up for my brother. I didn't care about myself, because I still believed that I'd asked for it in some way...but everything had gone wrong. My family was split in two. My dad was in jail and my brother was lost to us. I had no idea where he was, and as the policewoman spoke, I wished I'd never said anything. I felt so much guilt that I didn't know what to do with it.

"It's nonsense," I heard Mom say. "It's just Ruby being dramatic, that's all. She's always been dramatic...that's why we sent her to drama classes."

I felt such betrayal. I couldn't believe that Mom was being so mean. No, I wasn't being dramatic...I was never dramatic; in fact, I'd always tried to blend into the background. How could she say such things? I never wanted to be noticed, for if someone noticed me they might see my dirty secret.

My head was spinning as Mom said all kinds of things designed to make me look bad, and as

I listened, I felt even more betrayed. My dad's betrayal was infinitely easier to cope with than my Mom's disbelief, yet there was nothing I could do. So I just sat there, with Mom and the policewoman arguing, while I grew up and tried to accept that those closest to me would lie for their own reasons.

"Ma'am, will you please be quiet? I am trying to tell you, whether you like it or not, that your son has been abused."

Mom seemed to slump in her chair.

"Then, it can't have been my husband; it must have been someone else," she said.

"Well, forensics will tell us whether or not it was your husband," the policewoman said. "Do you have any idea who else may have abused your son?"

Mom went quiet and shook her head.

"It was Dad," I said blankly. "Ryan was crying, and after Dad came down the stairs, I found Ryan lying on the bathroom floor. There was no one else in the house."

"SHUT UP!" Mom screamed at me. "Shut your lying mouth!"

"Ma'am," the policewoman warned, "that's enough. Now, as to whether Ruby's telling the truth about her dad abusing her, I don't know, and we will only know after she's been examined."

I didn't know what she meant and I felt scared.

Mom blew her nose into a tissue and said nothing. She waved me away as the policewoman told me to follow her.

I was very conscious of my body, and I felt embarrassed when a doctor looked at me. I knew that I was fat, and I didn't want anyone to look at me, let alone look at me "down there," but the doctor was nice and told me to get dressed almost immediately.

They took me back to where my mom was and I couldn't figure out what was on her face. I didn't know what to say or do. I was afraid.

"Ma'am," the policewoman said, seriously, to my mother. "There is no doubt that your son has been sexually abused; the doctor's examination proved it, but we can't find any evidence that Ruby has been abused...she's still a virgin."

"Ha!" Mom said triumphantly, as if she'd won a battle.

I felt sick...yes, of course I was still a virgin; Dad used my mouth.

"I told you she was a liar. She just loves drama and will do anything to get attention."

"That's not true," I cried.

I felt so betrayed. Why wasn't my mom listening? She seemed so intent on proving me wrong, to make me out to be a liar, that she couldn't take in what was in front of her. I cried and yet she ignored my pain.

"How could you?" she said. "After all your dad's done for you."

The policewoman coughed.

"Ma'am, your husband will remain in jail until his trial."

Mom looked at her as if she were speaking a foreign language, and after a moment, she grabbed my arm and said that we were leaving.

She drove home in silence, and I couldn't think of anything to say. I felt more angry than I had ever felt in my life. Just because my dad hadn't actually had sex with me, the type of sex my teacher talked about that had made me so mad, then the police didn't think I'd been abused. Because Ryan had physical evidence, his abuse mattered.

I felt betrayed again, but I had nowhere to put my feelings, and so they lodged in my heart. I felt bitter. I had said nothing for nearly three years. I'd lost my dad, and I'd lived in fear and felt disgust, and yet that was nothing compared to the pain and anger I felt knowing that my mom didn't believe me.

I couldn't work out what was going through Mom's head. She'd been forced to face the fact that Dad had been sexually abusing Ryan, yet she had tried to ignore it by saying someone else must have done it, and then she focused on the fact that my accusations couldn't be proved. I didn't understand.

I sat in the car as she drove home, turning my

head away from her, staring out of the window as the trees flashed by. I had suffered my sister's hatred, my dad forcing me to do things that disgusted me, the injustice when they taunted me with their jealousy, believing that Dad favored me, and now I had to endure Mom's accusations. It was all too much to bear. I had long since given up on my dad but what hurt me the most was Mom's disbelief. Even though she had proof of what had happened to Ryan, she still stuck up for Dad, and she didn't once ask where Ryan was. I wanted to cry so badly, not so much for myself, although I felt awful, but because I knew that Ryan would be scared and would feel lost. I also wanted to cry because I didn't know whether he hated me for forcing him to go to the police.

I had never felt so alone as I did at that moment when all my thoughts came cascading in on me. I knew that my own fear had come to an end, now that Dad was out of the house, but right that minute, I wish I hadn't told...yet I had no choice. I couldn't bear to see Ryan hurting. I wondered whether the policewoman had told Mom where Ryan was, while I was out of the room.

I turned towards Mom as she pulled into our street. "Mom, where's Ryan?"

"What d'you care?" she fired at me.

She drove into our drive and pulled on the handbrake before turning her head, staring at me coldly.

"Thanks to you, I don't know what's going to happen to my son, and thanks to you, I don't know what's going to happen to your Dad. Why, Ruby? Why would you do this to our family?"

There was nothing I could say. I'd told the truth and if Ryan hadn't been hurt so badly, neither of us would have been believed. But as my mom looked at me with such coldness in her face, the pain I'd felt over the past three years, the betrayal by the man I had adored, was nothing compared to my mom's contempt of me. She blamed me...and that felt like the ultimate betrayal to me...worse than anything Dad had ever done to me.

That night I lay in my bed, and the house was strangely silent. Rachel had stayed the night with a friend and Mom was putting old people to bed. I couldn't believe how lonely I felt in our fancy house, with my closet full of clothes, shoes and toys, and right that moment, I'd have given anything to be poor. I would have given anything if I could only have my dad back, the one I adored before my eleventh birthday. The guilt I felt was terrible, and I didn't know how to make it go away.

People started coming to our house, demanding to speak to me. Mom wasn't allowed to say "No," and as they talked to me, I could hear her pacing in the kitchen.

They asked me hundreds of questions, and I didn't know how to answer. I wanted to lie, so that

Mom would be nice to me again, only I knew that would never happen. She knew, and I knew, that Dad had done something so serious to Ryan, that Dad would never be able to come home again.

The people sat on Dad's best white leather sofa, as they sipped the coffee Mom had made them. I felt anxious in case they spilled any on the leather.

Rachel stayed out of the house most of the time, and I was glad. I couldn't bear to hear what she thought about me "splitting the family up." I wanted to smash her to pieces but I was scared of her hatred towards me.

When I lay in my bed, I was filled with bizarre thoughts. I wished that Dad had had proper sex with me, the sort that our teacher talked about. If he had, then perhaps the police would've found the evidence they needed to prove to my mom that I wasn't lying. It felt wrong to think it, but that's what I thought. My head was messed up, and I didn't know what to think or what was right anymore.

The next day I went to school, and I knew something had changed when the kids stood in corners, whispering. I tried to hold my head high, but it was hard. I just wanted to run from the school and never meet anyone again. I felt judged, shamed and ridiculed, yet there was no hiding place. I had to go to school. I had to sit with kids who whispered amongst themselves, kids who said loudly so that I could hear, "How could anyone want to have sex with her...look how fat she is...*and* she smells."

It hurt.

There was an open war going on in our house. Rachel and Mom hated me and either ignored me totally or, when they felt they had to speak, were hateful towards me. Mom never lost an opportunity to call me a liar and to tell me that our way of life was being threatened because of my lies.

Rachel joined in and cussed at me. I was surprised when Mom didn't tell her to stop. All the rules in our home had evaporated, and I felt totally alone with no one to stick up for me. It was all so unfair.

I was assigned a "caseworker," a lady named Marge, who smiled a lot and came to our house regularly. Mom and Rachel hated her, and when she came they sat in the kitchen.

"Are you okay?" she'd ask, but I couldn't say that I wasn't because Mom and Rachel were listening. I knew that if I told her I wasn't okay, I'd pay for it later after Marge had gone, so all I said was, "Where's Ryan?" Marge wouldn't tell me. She changed the subject and talked about going to court.

I remember the first time I had to go. I was so sick. I had begged Marge not to make me because I knew Dad was going to be in there, and I couldn't face him. I couldn't face what I'd done. Marge told me that it was different nowadays. I didn't have to go into the actual court; I could sit in a separate room in front of a camera with a nice policewoman, who was supposed to make me feel better.

I knew that I didn't have a choice. I hadn't slept properly since the letter came, and when the day arrived for us to go to court, Marge arrived very early in the morning and told us that she was going to "be there for us" throughout the day.

Mom and Rachel ignored her but I was glad she was there. She let me ride in her car while Mom and Rachel drove together. I was relieved because I knew that they'd pick on me. Marge talked all the way to the courthouse, telling me not to be afraid and to tell the truth. She said that she wouldn't leave me alone. Although I was grateful that she was going to help me through it all, I was scared about when she went home and left me with my mother and sister who openly hated me. I didn't say anything, though, and I sat quietly as she drove and parked outside the court.

She took me to the little room she'd told me about, and there was a camera and a screen where I could see into the court.

Marge handed me some candy while a policewoman played with the two-way camera. Suddenly I saw Mom putting her hand on a Bible, swearing to tell the truth, and the first thing she said was that I was a liar. Even though the man asking her questions held up his hand, telling her to be quiet and listen to his questions, she shouted out.

"Rachel, tell them."

I couldn't see my sister on the screen, but I could hear her.

"My dad wouldn't hurt anyone. He never ever touched me."

"Order!" the judge shouted, and on the screen, I saw Mom smile. "Sit down, young lady."

I felt angry with Rachel, and yet deep within me I felt sorry for her because Dad had always told me that she wasn't "special," not in the same way I was, so of course he wouldn't have touched her. My thoughts were so confused that I didn't know whether to be angry with her or feel sorry for her.

Eventually Marge told me to sit in a special place, and she put a microphone in front of me. My stomach hurt and churned with anxiety. I wanted to go to the bathroom, but I wasn't allowed to.

A man's face appeared on the screen, and it was weird; he looked at me from the screen as if he could see me, and then he asked me questions.

Marge held my hand and nodded at me, whispering, "Tell him the truth, honey. It'll be okay, just tell the truth." I felt scared because, ever since I told the truth, things had *not* been "okay."

The man said, "Ruby, tell us what happened on the day that you went to the police."

And so I talked into the mic. I described how I'd found Ryan lying on the floor with his pants and underwear around his ankles. It was okay; it felt as if I were talking to Bella on the phone.

"Was there anyone else in the house at that time?" the man asked.

"No. I'd been at my friend's house, and when I got home, I could hear Ryan crying. I called out and he stopped crying right away. Then Dad came down the stairs. He went outside to clean his car, and then I went to find Ryan because I could hear him crying."

Other people told the man to ask me loads of questions, but the only person I could see on the screen was the man who asked them. I couldn't see anyone else, and so I felt okay about answering their questions. I was able to be myself and pretend that Dad and everyone else wasn't there.

"Tell me how things were between you and your dad."

Marge looked at me and mouthed, "Be honest."

So I told the man on the screen everything that had happened to me since my eleventh birthday, and as I spoke, a massive lump swelled in my throat. I missed my dad; I loved him. I wanted him back, back to being the dad he was before I was eleven.

The man on the screen asked me all kinds of questions. I told him everything I knew, or felt, and Marge smiled at me and patted my shoulder. The policewoman looked pleased with me, too.

Chapter Four

I sat in that room with Marge and the policewoman for ages. When the man had stopped asking me questions and the screen was turned off, we played Monopoly. I was winning when the door opened and Mom stood in the doorway.

She looked crazy and I was scared. Rachel stood behind her, and everything about her told me that she hated me but didn't have enough words to let me know how she felt.

"We can go home now," Mom said, sounding strangled.

I shot a glance at Marge, and I wanted her to move in with us.

She stood up and gave me a hug, which I wished would go on forever. I didn't want to leave that room and go home with Mom and Rachel. I still didn't know where Ryan was...but I knew where Dad was...he was in jail. I knew that Mom and Rachel were going to blame me, and I didn't know if I could cope with their open hatred anymore.

It was awful driving home. I sat in the back seat listening and trying not to react to the horrible things they said about me, as if I weren't there. Rachel said how much she hated me and wished I'd never been born, and Mom was crying.

"Your father would never have done those things to Ryan; it had to have been someone else."

Rachel said, "Perhaps he did them to himself."

I couldn't believe what she was saying. How could she be so stupid?

I don't know how I got through the next few weeks. I felt like a stray dog in the house, one with fleas, for I didn't belong to my family anymore...I didn't *have* a family anymore. Time and time again Mom and Rachel told me I'd split our family up, and every time I walked into the room, they looked at me as if I *were* a flea-ridden stray. The contempt and hatred on their faces was awful and I didn't know how to deal with it. I felt far more alone than I had while Dad was doing stuff to me. Over and over I blamed myself and wished that I hadn't said anything, but then I felt torn, because the look on Ryan's face haunted me, and I had to help him, even if I couldn't help myself. When I had those thoughts, I felt confused and cried myself to sleep.

I went to school but couldn't concentrate. All

the kids were whispering. Rachel told everyone that I was a liar and nothing they'd heard was true. She hissed into my face as she passed me in the halls and, when no one was looking, she pinched me so hard that I had bruises on my body. She was so determined to hurt me that she rallied her friends around her, and when she saw me coming, she'd say in a loud voice, "Here comes the dirty liar."

She'd taunt me saying, "I mean, no one, and I mean *no one*, would ever want to touch her, she's so fat. If she says someone touched her, then she has to be lying, right?"

Her friends laughed and agreed with her, and I felt awful. I tried to get away from them but they followed me, and the only time I had any peace was in class, even though I could still hear whispering behind me.

Bella was sweet to me and told me to ignore her, but that was easy to say and impossible to do. She found me crying at the edge of the running track one day and, when I wouldn't go with her, she sent the school counselor to come and find me.

She'd sat beside me.

"Ruby, dear, I won't lie to you. I've heard what's happened in your family. Talk to me about it."

I shook my head, as tears flowed down my face.

"C'mon," she said gently. "I know it must be hard for you. People get frightened by such things, and they don't realize how common it is. They react badly because they can't cope with it."

I looked into her face and there was something in her eyes that held me.

"C'mon, come with me. Let's go inside and talk."

I let her pull me up and lead me towards the school. Bella hung around her office, and I was grateful.

"Sit down, sweetie," the counselor said. "So what troubles you the most?"

I looked at her. I didn't know how to answer such a question.

"I will believe what you tell me," she said, leaving a silence hanging between us.

My shoulders dropped as I realized that I wasn't going to have to defend myself from being branded a liar.

She didn't say anything but just looked at me, waiting for an answer.

I looked at her and she held my gaze.

"I think the thing that troubles me the most is that my mother and sister don't believe me. They blame me for everything."

I broke down and cried.

"They're going to court tomorrow because Dad's going to be sentenced. I'm scared. I'm not lying about what he did to Ryan, and I'm not lying about what he did to me, even though the police ignored what Dad did to me."

She put her arm around me, told me to be strong and that she was always there for me if I needed her.

I left her room feeling exposed, for although she'd been nice to me, it hadn't changed anything.

Bella slipped her arm through mine and handed me a tissue. At that moment I didn't know what I'd do without her.

I got up early, before Mom and Rachel, and I slipped out of the house. I didn't want to be around as they set off to court.

It was cold, and the dew soaked my shoes, but it was nothing compared to the cold in my heart. I was filled with dread, because I knew that the judge would put Dad away for a long time. I'd done this. It was me. The dad I had adored and missed more than anything in my whole life, was going to go to jail for ages...I just knew it.

I wandered about until it was time to go to school, and I hung around outside Bella's house until she came out, wiping egg from her mouth.

"Hey, girl, you okay?"

I felt teary but fought to control myself.

"My dad's being sentenced today...I'm scared."

"Oh, babe, it'll be all right."

I shook my head. "No, it won't."

And I was right...it wasn't all right, not at all. That night when I slipped into the house after school, Rachel flew at me and clawed at my face.

"Thanks to you," she screamed, "Dad got twenty years."

I put my arms up to my face to protect myself, but it didn't do any good because she was so mad that she attacked any part of me she could reach.

Mom did nothing to help me. She just stood there, leaning against the kitchen range, with a glass of whiskey in her hand.

After Rachel had finished with me and fell away, sobbing, saying how much she hated me, Mom was detached and cold.

"Well, Ruby, thank you for the mess you've made of our family. My husband's in jail, and I'll be old when he gets out, and I've lost my son, thanks to you. Well done."

She took a swig of the whiskey.

"I blame myself," she carried on. "I should've stopped Dad from favoring you...he did it from the moment you were born. It was sick; it wasn't fair. But then when he started to be interested in Rachel's soccer team, I should've known that you'd be jealous. That's what all this is about, isn't it? You were jealous because Dad spent time with Rachel. Well, I hope you're satisfied...you got his attention."

Her words cut into me, but all I could do was watch the way her mouth moved.

I stood there, frozen, my face and my body hurting from Rachel's assault on me, but Mom's words hurt me more. Was that truly what she thought? It felt crazy to me. How could I ever be jealous of Rachel? What did she have that I wanted? But as I thought about it, it dawned on me that perhaps she was right...she did have something that I wanted...I didn't want to be "special" to my dad. Every time he said I was "special" I dreaded what was to happen. Yet it felt crazy because Mom was accusing me of being jealous of Dad giving Rachel more attention, and that was the very last thing I felt...I longed for Dad to pay *less* attention to me.

I felt so betrayed and confused that I didn't know what to say. If I told them that I wasn't jealous of Rachel at all, and that I longed for Dad to spend time with her, they wouldn't believe me. They'd say that I was manipulating. I felt as if I couldn't win and I'd been singled out to bear their anger at what had happened to our family.

"Well, I hope you know that, thanks to you, we'll lose our house."

Rachel gasped.

"No, really," Mom said, taking another swig from her glass. Her voice bit into me. "Who d'you think paid for this house and everything we have in it? Dad. Who d'you think paid for all the vacations we had and the cabin on the lake?" Her face was contorted with hatred towards me. "Who? Your dad, that's who. So now, Little Miss Liar, this is what happens when you tell lies. I'll have to sell the house because I can't afford to keep it going. I'll have to sell the cabin and the boat. We'll have to move to...somewhere..." she paused to watch the expression on my face, "...cheap."

"No, Mom. No!" Rachel howled.

"Don't blame *me*," Mom says, looking directly at me. "It's not *my* fault."

I was about to run up the stairs to my room, my heart broken and weighed down with inconsolable grief, when the doorbell rang. We each stood like abandoned puppets, with no one available to pull our strings.

The bell rang again and again. Mom put her glass on the counter and went to the door, and I've never been more pleased to see anyone in my life...Marge came into the kitchen, dripping from everywhere on her body.

"It's raining," she'd said. "I guess my hairdo's a washout."

Somewhere deep inside of me, I wanted to laugh. She shook her umbrella and said with a smile on her face, "I feel a bit like Mary Poppins."

We didn't say anything.

"So, how are you all? I know it's been a tough day."

Rachel didn't say anything, and Mom walked away to get another drink.

"Ruby? How are you?"

I couldn't help it, I burst into tears.

"They hate me. They blame me and say that I've

been telling lies. I haven't, I swear on my..."

Tears flowed down my face as I realized that I was about to say, "I swear on my dad's life." I felt confused that he was the first person to pop into my head after everything that had happened. I wanted to hate him, I really did, but something deep within me still felt connected to him, the man I'd adored as a little kid.

I didn't know what to do with my feelings, and as Mom and Rachel looked at me with contempt, I stood in the middle of the room and sobbed.

Marge put her arms around me.

"It'll be all right," she'd said. But I couldn't see how it would be.

"Mom says she's going to have to sell the house, and it's all my fault because I've been lying, but I swear I haven't."

"Listen," she said, "I've been working with families who have been through all of this mess, and I know that you're not telling lies, okay?"

Rachel bristled and looked towards Mom for direction. They both looked angry, yet not defeated. They looked as if they were cornered.

"Yes, but..." Mom began to say.

"Everyone knows that Ruby is a liar," Rachel said, with contempt dripping from her.

Mom was unbelievable...she made me sick.

"Ruby had always wanted every bit of her Dad's attention. She even wanted more than he gave me.

It was disgusting. She wanted him all for herself."

I couldn't believe what Mom had said. Yes, I adored my dad before my eleventh birthday, but since then I had done everything I could to stay away from him. How could Mom and Rachel think that way? I felt totally lost, and I was glad that Marge was there because I didn't know what to do. I didn't know how to go to bed, or how to sleep without troubled dreams. I didn't know how to stay in our family. Because of me and my determination to keep my brother safe, even though *I* wasn't, my mom and sister despised me.

I felt a flash of anger at Dad, not because of the things he'd done to me, for I still believed that I had asked for it in some way, but because he'd hurt Ryan. If it had only been me, I'd never have said anything, and then he wouldn't be in jail, and Mom and Rachel could still live their fancy lifestyle. Why'd he have to hurt Ryan?

We all stood there, stunned, the air electric.

Marge tried to calm Mom down, but she was madder than I'd ever seen her. She was yelling, stabbing her finger at me, blaming me because she would have to sell our house. She said that I'd brought shame on the family, and that she couldn't hold her head up anymore and wouldn't be able to face everyone at church anymore. And all the time, Rachel joined in, saying how ashamed she was to have me as a sister, and that I embarrassed her at school.

I could feel Marge's hand on my shoulder as I cried. "Ma'am, please. Ruby hasn't done anything to deserve your anger. Your husband has been convicted of sexually abusing your son..."

"MY HUSBAND DIDN'T DO *ANYTHING*," Mom screamed at her.

Marge put her arm around me, and said to Mom, "I think Ruby should come and stay with me tonight until you've calmed down."

"Oh, no, you interfering bitch. She's not going anywhere."

Mom pulled me away from Marge and shouted at me. "Go to bed, now!"

I could feel Marge hang on to my arm.

"I SAID, GO TO BED. NOW!" Mom screamed, taking a step towards me.

I ran upstairs, slammed my bedroom door and sobbed into my pillow until I couldn't cry anymore.

• • • •

If I had thought things couldn't get any worse than that night, I was wrong. Mom did have to sell the house and every day she and Rachel picked on me so badly that I wanted to die. I missed Ryan, and despite everything that Dad had done to me, I missed him. Without him at home, the rules were different, and Mom and Rachel seemed to be making them up as they went along. They never missed an opportunity to remind me that our misfortune was my fault because I'd lied about Dad.

We moved across town, into a small house with only one bathroom and a tiny shared yard. Every morning Mom and Rachel made me wait until last to use the bathroom, even if I was hopping about on one leg, dying to pee. Rachel would slam her shoulder into me as she passed me in the hall.

Bella was my only comfort, and I spent a lot of time at her house. She stuck up for me at school when the kids picked on me for being fat, and when Rachel and her friends blocked the halls, she pushed herself into my sister's face and called her all sorts of names, forcing her to step aside. I wished I had her strength and presence. I felt like a wilting flower, a weed, one that hadn't been watered forever, one that was dying; yet Bella breathed life into me by pushing through my sister and her friends.

"What*ever*!" Bella says, laughing in their faces. I admired her so much for having the strength that I didn't have. I tried to tell her how I felt.

"Are you kidding? You are the strongest person I know. You've stood up for your brother, without thinking about yourself and everything you've been through, and even though your mom and sister are bitches..." I winced, hearing her cuss.

"And although they've hurt you so badly, you still survive. I know I'd be a head case if I had to go through all that."

She hugged me and went to her next class.

She took me away from my misery, if only for a moment, as I went to my class.

All too soon it was time to go home, and I dreaded it; it was the same every single day. I would dawdle, not wanting to go through the front door to face the same persecution. I knew my sister was in there, and I knew that it was two hours before Mom had to go to work. Those two hours were hell on earth. Once Mom left, it was only me and Rachel, and although I felt battered by her, at least it was just the two of us, which seemed more fair.

I would go straight to my room, a ten-foot square box without closets, and throw myself on my bed. I could hear them bitching on about me, and I tried to tune them out. Eventually Mom would leave and I'd venture downstairs.

Rachel looked at me as if I were a piece of filth and left the house almost immediately.

I'd take something from the freezer, mostly pizza, warm it up, and sit at the table to eat it.

One day I sat at the table and, in front of me, there was a letter. I picked it up and couldn't believe what it said...Mom had divorced my dad. I remember thinking, "How could she, if she truly believed that he was innocent?"

• • • •

It was a few weeks later when Mom came home drunk with some guy.

"This is Jerry," she slurred.

I went to bed and didn't want to look at her in that state, nor did I want to meet my dad's replacement. I don't know how Rachel handled his entry into our family, but suddenly she was always out.

I was confused. How could my mom be so mad at me, and call me every name under the sun, blame me for everything, and yet within weeks she'd divorced my dad and found herself another man. It made me want to stay a kid and never grow up. Then again, I thought...I hadn't been a kid since I was eleven.

Jerry was always around the house. I don't think he worked. He was always working out, and I saw him pumping up his muscles in front of the mirror.

At night I heard them, moaning, yelling and groaning. It disgusted me. My dad was in jail. How could she forget him so easily? I couldn't, not even after everything he'd done to me...which was nothing compared to what he'd done to Ryan. How could she?

It was weird because, even though I had to live with hearing my mother make out, at least she stopped picking on me, and best of all, Rachel was rarely at home, so my life became easier.

I felt as if I were floating in a no-man's-land, I didn't belong in that house, no one made me welcome, yet Mom was so busy doing her own thing that she didn't push me away either. I settled into an uneasy truce and was glad to be left alone.

At night I longed to know where my brother was, and I didn't dare think about Dad. The kids at school told me awful things about what happened to folks in prison, and I couldn't bear to think that those things might be happening to Dad, yet that's what he'd done to Ryan...

It was a constant struggle to keep my thoughts in check, to stop them from cascading in on me, blaming me for what had happened to my family.

I felt as if I were an island, isolated from everyone except Bella, who helped me to stay sane. Every so often the school counselor asked me how I was, and she was satisfied with, "I'm fine, thank you."

And then Marge called sometimes and I told her I was fine, and she believed me.

One morning I went downstairs to fix breakfast and Jerry was there, turning eggs over easy.

"Hey, girl, how're you doing? Hungry?"

"Um, yeah."

"Here you go, have this."

He put a plate in front of me, and I hadn't seen a breakfast like it since Dad left.

"Thanks."

It was good...he could cook.

"See ya later," he called, as I headed out of the door for school.

I didn't want anything from the canteen at lunchtime.

Bella said, "What's wrong? Aren't you hungry? You're always starving."

"Mom's new boyfriend made me a big breakfast," I explained.

"Oh. What's he like?"

"Nothing."

"Nothing, what?" she asked me, with a frown on her face.

"Well, I don't know what to say. He's not my dad." I saw her frown at me. "Not the dad I remember when I was little, okay? I don't know; he's a bit slimy, if you want to know. He's a bit too eager to please, if you ask me."

"What does that mean?"

"I don't know." I shook my head, feeling suddenly confused. "I don't know, I guess I'm missing my dad and I don't trust anyone else."

"That figures," she said candidly.

We went for a milkshake at school and made disgusting noises with our straws when we got to the end of the glass. We giggled, knowing that we were being rude, but neither of us cared.

I went home after that. Jerry was there again.

"Where's your sister?" he asked.

"I don't know. She doesn't speak to me."

"Oh?"

"She hates me."

"I can't imagine why," he had said.

He sat next to me on the sofa.

"You're very pretty," he said.

I moved away. He moved closer, and brushed his hand against my ear.

"Don't," I hissed at him.

"Don't what?"

I stood up, and my stomach lurched with apprehension.

"Hey, girl. I'm just saying you're pretty, that's all. Nothing to get upset about, right?"

He leaned back into the sofa and turned the TV on. "Have you seen the game? Who d'you support?"

"What?"

"What's the matter? You seem jittery. Are you sick?"

I shook my head, and then nodded. "Um, yeah, well, I dunno."

"Come and sit down." He pulled at my arm, and I felt stupid. Was I going to think that every man wanted to hurt me? It was hard to trust anyone when the one person I should have been able to trust had betrayed me.

I sat next to him and he started punching the air as his team scored.

He had a beer in his hand.

"You want one?" he asked casually.

"No," I said, feeling surprised that he'd ask me.

"No, no thank you," I added, remembering the manners my dad had instilled in me, when manners were all that he had on his mind.

"Suit yourself," Jerry said. "D'you like baseball?"

"Some."

"My dad was a pro."

"Really?"

"Yeah."

"Do you play at school?"

"Not really. I wasn't picked for the team."

I didn't tell him that I was too fat to run fast, and I hadn't gone for the tryouts...I couldn't bear the humiliation of failing. They only wanted thin kids and fast ones, and I was neither.

"I can't believe that."

I shrugged, not being willing to say more, and hoping that he wouldn't.

We watched the game, and as it was about to end, and the game hung in the balance, he'd sat on the edge of the sofa, cheering them on. When they won, he leaped up and dragged me up as well.

"Yes!" he whooped. "Yes! They did it. They did it!" He grabbed me and swung me around, laughing and going crazy.

He started doing this crazy thing with his hands, expecting me to clap back. I remembered doing something like it in the playground in kindergarten.

He made me laugh; he was like a kid at Christmas. Then he grabbed me around the waist.

"Yes! Yes!" And then we did this crazy waltz around the room. I didn't know whether to laugh or yell; he was nuts.

But as he slowed our twirl to an end, he stopped. We stood in the middle of the living room staring at each other, and suddenly I was embarrassed; but then I was scared.

His arm was already around me and he pulled me close towards him. My stomach leaped with anxiety. Then he lowered his mouth over mine and forced his tongue into my mouth.

I struggled and thrashed out at him with more anger than I knew I had, and as he moved his face away, he grinned at me, and slid his hand over my breast before letting me go.

I could barely catch my breath as I ran upstairs and slammed my door shut, leaning against it, in case he tried to follow me.

No! This was not going to happen to me again. I decided that as soon as Mom got in, I was going to tell her. She'd have to believe me this time.

• • • •

"You're lying," Mom screams at me and shakes her head. "You're not going to do this to me again, Ruby. No way! What're you trying to do, ruin my life?"

She slaps me hard across the cheek, and tears pour down my face.

"I'm not lying, I swear," I sob.

She pushes me away, and I stumble and lose my balance. I land on my ass as she walks out of my room.

I cry until I can't cry anymore, and feeling spent, I lie on my bed, thinking.

I hate my mom; why can't she believe me? She didn't believe anything I had said about what happened to Ryan or me, and now she doesn't believe that her new boyfriend has just touched me. I don't know what to do. I thought moms were supposed to protect their children.

Chapter Five

I can hear Mom and Jerry downstairs laughing, and I can't stand it. I wash my face; I'm dismayed at how puffy my eyes are from crying so hard.

I storm through the living room, ignoring them as I slam the door behind me.

My teeth are clenched in anger as I walk the three miles to Bella's house. I'm so mad that I don't know what to do with myself.

"Hey, girl," Bella says, as she opens the door. She looks at me and frowns. "What's up?"

I tell her, and she calls Jerry a rude name.

"I can't believe your mom," she says. "What's her problem? Why won't she believe you?"

Then she looks straight into my eyes, and says, "You're *not* lying, are you?"

Tears prick my eyes, and I feel as if she's just slapped my face.

"No, of course not." I stand up and go to leave.

"I'm sorry. I didn't mean anything by it. Don't go." She tugs on my arm and there's pain in her face.

"I guess I just can't understand why your mom wouldn't believe you. It seems crazy, that's all, and the only reason that I could think of to explain why your mom would act that way would be if you were actually lying. I shouldn't have said it. I'm sorry."

She looks as awful as I feel, so I hug her.

"It's all right. I don't understand it either, but I swear on my life that I'm not lying."

"I believe you," she says, determinedly. "What are you going to do?"

I shrug. "I don't know. Be careful, I guess, and never be alone with him."

"Can you do that?"

"I'll try."

But it's harder than I imagined. Mom thinks Jerry is great and tells Rachel and me that she's madly in love with him. She asks him to move in with us, and since she's still working at the nursing home, Jerry hangs around the house each evening.

I stay in my room as much as I can, but sometimes I get hungry and have to go downstairs.

As I move around the kitchen getting stuff to make a sandwich, he stands in the doorway.

"Hi, Ruby...baby," he croons at me.

"Don't talk to me," I snap at him.

"Don't be like that, baby girl." He walks over to me and brushes my hair away from my neck.

"Get off me," I yell at him.

"Or what?" he laughs. "You gonna tell Mommy?" he mocks.

I push him away, grab the sandwich, and run to my room. He laughs at me, and shouts up the stairs, "I'm gonna have you one day, Ruby, baby, when you're not expecting it, okay?"

I jam a chair under my door handle in the vain hope that it'll stop him from coming into my room. He doesn't bother me anymore that evening, and even though I don't want to see my mom, I'm glad when I hear her come in at ten o'clock. I breathe a sigh of relief.

And that's how it is every day. I'm the last one to be able to get into the bathroom in the morning and have to ignore Jerry brushing up against me as he comes out of the bathroom, or when he meets me in the hall. He's sneaky, though, and always waits until no one can see him. I learn how to be really rude, and call him foul names under my breath, using language that my dad would have been ashamed of. But all he does is laugh.

I don't feel scared because Mom's in the house in the mornings. It's in the evening that I get scared.

Rachel stays behind at school for practice and, even though she's the last person I want to be around, I become focused on what she's doing. I either hang out at Bella's house for a couple of hours until I can be sure that Rachel's at home, or I hang around school until I see her walk home. I hate it, because I feel tied to the one person who wants to push me far away.

Those evenings when she leaves the house to go out with her friends are the worst for me. I stay in my room with the chair jammed under the door handle, and my stomach churns when I hear Jerry coming up the stairs and hovering outside my room.

He says dirty things to me, things that make me feel sick. He tells me what he does to my mom and I'm grossed out, but I'm even more grossed out when he says that he's going to do the same to me.

I scream at him to go away, but all he does is laugh. I cry, missing my dad. Even though I lived with the dread that Dad would do things to me, I never had to live with the constant fear I live with now, and I know I'm sick to think it, but I'd trade my life now for those days. I'm ashamed for thinking such thoughts.

My life becomes dominated by an invisible antenna living in my head that scans the house to see if it's safe for me to come out of my room. I rush through the house in the mornings so that I don't have any contact with Jerry, and then after school, I watch Rachel and sneak about like a thief. I'm so focused on Mom and Rachel's schedules that I can't do my schoolwork, and I get into trouble again for my falling grades.

I can't believe how stupid adults are at times. My teachers nagged my parents a couple of years ago when I was dodging my Dad, and even though they would have read all the papers and known that my dad was put in jail, they don't question my falling grades now.

I'm past caring about my grades, though; something inside me seems to have given up. Life is just too hard. It's all I can do to get through each day, to make it to the end of the day without Jerry carrying out the vile things he whispers through my door every day when Mom's out.

When I look in the mirror I can't believe how spotty my face is. I'm always hungry. I grab a muffin from the kitchen in the mornings and then, because I know I won't be able to eat until Mom gets home at ten, I eat as much as I can at school. I stuff fries, pies and pizzas into my mouth, trying to fill the emptiness inside me. Sometimes I feel as if I'm going to starve, because when I eat at lunchtime I know it's going to be over ten hours until I'll feel safe enough to be able to eat again.

I stare at my spotty face, which reflects my poor eating habits, but that's nothing compared to the fear and anxiety that lie behind my eyes. I don't know why my teachers don't question why my face is covered in weeping spots, why my body's getting bigger and bigger, or why my grades are falling.

I begin to hate myself. There must be something about me that makes men want to do these vile things to me, but as I stare into my mirror I can't see what it is. I look awful. Who'd want me? I'm not pretty, I'm not thin, and I don't want to do the things that some girls at school say they want to do. Why me? There must be something evil inside of me that draws men towards me and invites them to do the things they do.

Mom is tired and moody all the time. She's been working a lot of extra hours at the nursing home because someone's off having a baby. My anxiety heightens as she's out of the house more and more.

She hugs Jerry. "You're wonderful," she tells him. "Most men would get mad and demand that I be home." She kisses him long and hard, and then hugs him.

"Y'know I'll do anything to help you, baby," he says, staring at me over her shoulder, blowing me a silent kiss.

It seems as if Mom's in the house all the time I'm out of it, and out all the time I'm in it. I feel like an exposed ant under a stone; there's no hiding place, and Jerry's an anteater.

I stay out as much as I can, but it's hard to stay out when Bella's dad tells me it's time I should leave. I can't hang around the street when it gets dark, so I have no choice but to go home.

One night I walk up to the door and steel myself. I put my key in the door, praying that it won't make a sound. As I step into the living room, expecting Jerry to creep up on me, I hear Mom and him laughing. Why's she home?

I stand there looking at them making out on the sofa.

She looks up, giggling. "Where've you been?" she asks.

"Out."

"Don't sass me," she snaps without conviction.

She's been drinking, I can tell.

I go into the kitchen and get something to eat, something to satisfy the empty hole in my stomach. I put as much on my plate as I can, feeling safe while she's there, her presence holding him back. I ignore her when she picks on me as I head upstairs towards my room.

"What, aren't you going to join us?" Jerry asks, and I can hear the sneer in his voice.

"She's so moody; she always has been," Mom says, picking on me, and I hate her for not seeing what's going on under her nose.

I jam the chair under my door handle and eat; my stomach's churning.

I can hear them laughing downstairs and when Rachel gets in, she joins them. They sound like a happy family, and I think they've all gone crazy.

We haven't been a proper family since my eleventh birthday.

My room is a haven yet a prison. I'm stuck in here, alone with my fear, my thoughts, and my longing for the father that has hurt me. Anything would be better than this. I can't bear that he's in jail because of me. He's there, and I'm here, alone, without him. Alone in this "family," scared every minute of every day. I don't know what to do.

I finish the food on my plate and drop it on the floor. I don't care about making my room tidy anymore. I don't care about what Mom will say.

I check that the chair is wedged under the door handle properly, and when it won't budge, I allow myself to get into bed.

I don't know how Rachel can ignore the grunting and howling coming from Mom's room in the middle of the night. I hide my head under my pillow, thinking that my mom is the grossest person I know. How can she behave this way in front of us girls? Isn't she supposed to set an example for us?

I awaken from a fitful sleep and hear Mom leave the house. Rachel's in the shower.

I sit up, rigid. Someone's rattling my door handle. It's Jerry.

"You'd better let me in," I hear him whisper. "I'm coming in anyway. Whether it's today or tomorrow, it doesn't matter because I'm coming in."

I tell him to go away—actually, I cuss at him badly

and I'm ashamed of myself, yet it's the only weapon I have.

"Language, Ruby," he says, laughing as he goes downstairs.

I hear Rachel come out of the shower, so I peer gingerly around my doorway and all but run to the bathroom. I check that I've locked the door properly, and then I begin to shower.

Having towelled myself dry, I unlock the bathroom door and look along the hall. I run to my room and gasp as I open my door.

He's sitting on my bed, grinning.

"Get out of my room!" I cry, fear flashing through me. I'm in my bathrobe. How could I have been so stupid to forget to take my clothes into the bathroom and get dressed in there behind the locked door?

"GET OUT!" I yell at him. "If you don't I'm going to go downstairs and call Mom and tell her."

We stare at each other for a moment, and I turn to go. He jumps up and catches me as I go through the door. He pushes me against the hall wall with his body and cups my face with his hands.

"And tell her what? I just came to ask you what you want for breakfast." He shakes his head. "What an ungrateful girl you are."

I'm trembling as he brushes his lips over my ear, and whispers, "What an ungrateful girl you are," again.

I struggle to push him away. He lets go of me, and laughs.

Halfway down the stairs, he turns back, wags his finger at me, and says, mockingly, "I *will* have you, you know. Tell Mom what you like. She won't believe you."

I run back into my room and jam the chair back under the door handle, dressing as quickly as I can. I don't bother to grab anything to eat; all I want to do is to get out of the house.

"What's the matter?" Bella asks when I get to school.

"I don't know what to do. Mom's working more shifts at the nursing home and she's never at home. I'm scared. Jerry's getting so blatant. It's like he doesn't care if he gets caught or not."

Bella's kind to me, but she hasn't any answers for me. She gives me a dollar to get a muffin because I'm hungry and didn't think to pick up my lunch money, as I was so anxious to get out of the house. I don't know what I'd do without her. She is the one person in my life who is there for me.

I sit through a whole day not hearing anything the teachers say, as my stomach churns with anxiety. What am I going to do tonight when I get home? Bella's out tonight so I can't go around her house to pass the time until I know my mom will be home.

I get shouted at more than once during the day for not paying attention, and I mutter an apology, but my thoughts wander immediately after it leaves my lips. It seems unfair, somehow. The kids who come from good families, who don't have anything to worry about, don't get picked on by the teachers. Yet someone like me, who's eaten up with worry, gets picked on all the time, which makes my life worse. Again, the thought crosses my mind that adults are stupid. Why can't they see?

As school dismisses, I hang around until Rachel finishes her practice and I follow her home, not so that she can see me, of course; I hang back.

I open the door, feeling fairly safe, knowing that I won't be alone with Jerry, but I needn't have worried because Mom's there, too.

I go to my room right away and think about my day. I've been scared all day, got into trouble for not being able to concentrate, been hungry because I forgot my lunch money, secretly hung around waiting for Rachel to finish her practice, and it was all for nothing. Mom was going to be home anyway. Yet this is how my life is, and it happens every day, especially as Mom's schedule changes all the time while she does extra shifts, then has them cancelled without any warning when they don't need her.

I have no nails left.

Mom calls me down for dinner. "Set the table," she snaps.

Jerry's leaning against the silverware drawer.

"Excuse me," I say, not looking at him.

"Why, what have you done?" he smirks.

"*Excuse me*," I say again, emphasizing the words. "I have to get the silverware."

Mom turns on me. "Mind your manners."

I look at her and I bite my tongue.

"Jerry tells me that you cussed at him this morning. I won't have you being rude to him," she snaps. "He wanted to make you breakfast, and you treat him like that..."

I open my mouth to say something but no words come out.

"Y'know, he doesn't have to be sweet to you. You're not his kid, and yet he wants to make you breakfast. What's wrong with you? If I hear that you've been rude to him again, I'll ground you. Do you hear me?"

Tears prick my eyes. Jerry moves away from the silverware drawer so that I can set the table. There's a smirk on his face that he hides from Mom.

My face is burning with suppressed anger. I feel silenced, as if my voice and my rights have been snatched away from me. I can't stand up for myself because if she grounds me, I'll be in the house alone with Jerry all the time, and I can't let that happen.

Mom kisses Jerry and seems deliriously happy. I hate her for being so stupid and so shallow. She tells me to sit at the table; Rachel sits as well. I feel sick, and although I know my stomach's empty, I don't feel hungry, yet I eat everything Mom puts on my plate.

I barely hear a thing they say as they laugh together. I'm locked in a silent war with myself. I have to be strong. I have to be able to push him away when he next makes a pass at me. I need to build myself up. I ask for second helpings. I want to be fat so that he won't want me, and I want to be bigger so that I can ward him off when he next tries to push himself onto me. And I know he will, even though he's sitting at our table, in my dad's place, pretending to be something I know he's not.

He makes Rachel laugh and she goes all girlie. I shake my head.

"What?" she demands.

"Nothing."

"Don't say 'nothing' like that. It's all over your face; what's your point?"

"Nothing," I say again, wondering how it is that my sister can pick up my non-verbal communications and my mom and teachers can't.

Mom launches into me. "Ruby, what's the matter with you? Why d'you have to ruin everything with your attitude?"

She looks at me with disbelief on her face, and then, as if a light has just gone on in her head, she says, "Oh, I get it. You're jealous because I've found a man who is kind and considerate.... I mean, look, he's cooked dinner for us all, and he gets along with Rachel."

I'm stunned. I don't know what to say, but Rachel does.

"Well, what a surprise." She ignores me and talks as if I'm not in the room. "She was jealous when Dad gave me more attention than her, remember? That's when she started making allegations."

She looks at Jerry and says, "Just wait, she'll start saying things about you, too."

I feel as if the flesh is being ripped off me by hungry vultures. The grin on Jerry's face is indiscernible to anyone but me, and I know I'm not imagining it. If I am, then I know I must truly be crazy, and just as the possibility crosses my mind, an image of Ryan lying on the bathroom floor flashes into my mind, and I know that I'm sane. And I know that what's going on around the table isn't.

The threat of being grounded silences my protests, and all I do is mumble, "Sorry."

I try to tune out Rachel's taunting, and sensing my surrender, she tells Jerry how, just as she and Dad were getting close, I'd ruined it for her. As Mom joins in, I feel small and insignificant, and I help myself to more pasta.

As I fill my mouth with food, they exhaust their taunting, and Rachel goes on to boast about her practice. I feel numb, full, and yet empty.

I go to bed after I've done the dishes, but I can't sleep. I feel so scared. I don't know what to do. I'd rather die than let Jerry touch me, and I know after dinner tonight that if I try to tell Mom what he's doing, she won't believe me. He told her I'd cussed at him and that I was ungrateful, and he was only trying to help me by asking what I'd like for breakfast. She can't see any wrong in him. I've never felt so alone.

Mom's in the house when I wake up. I get ready for school without feeling too scared. I remember my lunch money and grab a muffin as I leave.

I try to tell Bella about what happened around the dinner table but she looks at me as if I've lost it, and in that moment I realize that although she's good to me, she doesn't have a clue. Her parents are good people who would never hurt their children as Ryan and I have been hurt. She tries to listen, though, and always offers some advice, most of which I can't take because her advice only relates to normal people, not people who live with men who want sex with kids. I love her anyway, despite the fact that she can't understand.

I go home after school, thinking that Mom will be there; after all, she was there yesterday. Perhaps the nursing home doesn't need her so much anymore.

I let myself in and call her name, even though I know she'll be getting on me for something.

No one answers. I can smell smoke.

I go outside into the tiny back yard and there's Jerry, adding wood to a bonfire.

"Where's Mom?" I ask, coughing at the smoke.

"At work," he says.

I look at the fire, and as he adds more wood, and the sparks fly into the air, I see my chair, its shape about to crumble into ashes. He looks at me and grins. He doesn't say anything. I turn and run back into the house, up to my room.

My chair has gone. The one thing that makes me feel the tiniest bit safer when it's jammed under the door handle is gone. My head spins so badly that I don't know what to do. He's going to get me, I know he is.

I run downstairs and, with urgency racing through my veins, I search through the silverware drawer. I can see him through the window, poking at the fire. The drawer is full of gadgets, and I scramble through them, terrified that he'll walk through the door at any moment. Then, there it is, the knife Dad used to carve the Thanksgiving turkey. I grab it and try to make the drawer look as if no one has rummaged through it, and then I dart upstairs.

I put the knife under my mattress, right by my pillow, and I practice, imagining that he's on top of me. How will I be able to reach the knife? I won't be able to, so I slip it into my pillowcase. I vow that I will pull the knife out each night when I go to sleep so that I can grab it and frighten him away, should he try to do anything to me.

My breathing slows as I feel a sense of control flow through me. But as I fantasize about how I will stop him from raping me, I get scared. It's one thing having a weapon to protect myself, but it's something else to even contemplate using it. Suddenly the knife doesn't feel so powerful anymore.

I sit up, and making sure that the knife is safely tucked inside my pillowcase, I glance out of the window. Jerry's still managing his fire; the outline of my chair has folded; it's no longer there. I grab my jacket and, even though I have nowhere to go, I leave the house. I'm going to stay out...that's all I can do. I need to be more watchful. I need to quit making Mom angry, for if only she'd believe me then I'd be safe.

I have no plan, but I find myself at the nursing home. "What're you doing here?" she demands, obviously not pleased to see me.

"I figured I'd come and meet you," I say, finding other words to hide what's really in my mind, like, "Even though I know you don't care about me, I need you, because I'm only safe when you're around."

She dismisses me, telling me to wait, "Over there. And don't upset anyone."

I sit in a large armchair and watch a big clock, one that's taller than me...tick, tock...it's pendulum swings backwards and forwards. I'm just about to fall asleep when Mom shakes me.

"You ready, then?"

I jump up, "Yes."

We walk home in silence. It's not far. I can't

think of anything to say, and it's obvious that she can't either. She slips her key into the door, and immediately Jerry's in front of us.

"Where have you been?" he demands at me. "I've been worried sick."

Mom looks at me and shakes her head.

"Didn't you tell Jerry where you were going?" she asks. "*Ruby*, what is the matter with you? Don't you care about anyone other than yourself?"

"I'm sorry," I lie. "I thought you heard me say I was going to meet Mom from work."

He looks at me, knowing that I'm lying and that I'm manipulating him as best I can.

I run upstairs and go to bed. I pray. I sit on the edge of my bed until I can hear him snoring and then I set my alarm for four-thirty, so that I can get up and be downstairs when Mom has to leave for work in the morning. I'll tell them I've got a practice to go to, if they ask why I'm up so early.

I'm amazed because this works for several weeks. I meet Mom from work and stay awake until I can hear Jerry's asleep, and then I leave the house with Mom early in the morning. She actually stops nagging me so much. Jerry, though, seems restless and angry, although no one else seems to notice.

I feel locked in a world where there's only me and him, and the silent, all-knowing looks he gives me. I've outsmarted him for the moment and he doesn't like it.

Chapter Six

One day the school counselor stops me in the hall.

"Ruby, are you all right? You look very pale, and you've got dark circles under your eyes. What's going on? You're not taking anything, are you?"

"No," I say, feeling affronted.

"Are you sleeping okay?"

I lie.

"Yes, I'm fine."

She tells me to come and see her if I need to. Maybe she's not so stupid after all, because she's figured out why I look so awful. I'm getting about three hours of sleep a night, and I'm tense and exhausted all the time. I fall asleep in class and get into trouble every day. I'm so close to tears that I feel as if I might break into millions of fragmented pieces if someone says one wrong word to me.

Bella is great and ignores me when I inadvertently snap at her. She lets me go to her house as much as her parents will allow me to, and I'm so grateful. They look at me oddly, and say, "Don't you have a home to go to?" in a joking but serious way.

No, I don't. But I don't say anything, and to please them I play with Bella's irritating little sister as much as I can, so that they won't mind me being there.

Apparently I'm so good with her that they ask me to come and help with her birthday party—to organize the games. I don't mind; in fact it makes me feel as if I have a place to be, a place where I'm wanted.

There are twelve little kids all tugging at me, and Bella, who has to spoon out ice cream and pour soda, rolls her eyes at me and mouths, "Thank God, you're here."

It seems to go on forever and after the last child has been picked up by her parents, Bella's mom says, "Girls, I can do the catering, but I'm hopeless at doing all the other stuff." She shakes her head and smiles at me. "Okay, you two, you deserve a pizza. What d'you want?"

She orders in, and half an hour later a spotty man stands at their front door holding our pizzas.

We sit around the kitchen table and eat. Bella's mom and dad praise me for being able to keep twelve little kids occupied, and to make sure that each one of them won something, and didn't feel left out. I feel a warm glow wash over me, but the pleasure I feel is tinged with sadness. This is how a family is supposed to be. Yes, Bella moans about her parents at times, their rules and having to babysit, but they all care about each other. They have fun, and they feel safe. There's nothing sinister here around their table, unlike in my house. Bella's family emphasizes how sick mine is, and that's hard to deal with.

We finish our pizza and laugh about how the kids behaved at the party. Then Bella's dad glances at his watch.

"I guess it's time you went home, Ruby. Let me drive you. I don't want you out late on your own."

As he drives the three miles to our house, on the wrong side of town, I tell him that I always meet Mom from the nursing home, and ask if he'll drop me off there.

I wave as he pulls away and walk up the path to the front door. An aide opens it.

"Hi, Ruby, your mom's not here. She went home early."

"Oh, okay," I say, wondering why her shifts have been changed again.

I hurry home, feeling anxious out in the dark.

I let myself in, and Mom pounces upon me as soon as I get through the door.

"Where have you been?"

"I went to meet you," I say, wondering why she's asking...I meet her every night.

"Before then," she demands.

"I was helping at Bella's little sister's birthday party."

"Jerry made dinner for you and you weren't here. Is this what happens every night when I'm at work? Y'know, he doesn't have to be so good to you; he's not your father. You could at least show him some respect and get home in time for dinner. What's wrong with you?"

She walks off, and Jerry leers at me. I look away.

Why does she have to ruin everything? I've had a good evening—it was fun, even though it was hectic and I'm really tired—but now I feel bad. I don't know if she means to do it, but she robs me of every good feeling I ever have, and I don't get many of them. I want to cuss at her but I don't because I'm terrified that she'll ground me, and then I'll be at home alone with Jerry. No matter how angry or hurt I feel, I can never let that happen. So I say nothing and head off to bed to sit out my lonely vigil, fighting sleep, until I can hear Jerry snoring in the next room.

I don't know how I manage to stay awake. My eyelids droop time and time again, and I shake myself and stare hard at everything in my room to make my eyes stay open.

At last I hear the sound I've been waiting for, Jerry's snoring, and I slide down the bed and let my exhaustion consume me.

The next thing I know, my arms are being flung above my head as Jerry sits astride me, hissing into my face.

"Oh, I've waited so long for this. You think you're so clever trying to stay away from me. But I told you, didn't I, I'm going to have you."

He starts to pull at my clothes and I yell out.

"Mom! Rachel!"

He laughs at me.

"Rachel's at her friend's house, and Mom got called into work early. It's just you and me."

Panic flashes through me and I struggle against him, as his weight pins me to my bed and his hands bear down on my wrist above my head. He tries to put his mouth over mine but I thrash with all my might. It doesn't do any good, though, and he seems pleased to see me struggle. He's grinning above me and I can feel his body, hard, against mine.

I feel more terrified than I've ever felt in my whole life, and I start screaming, hoping that the neighbors will hear me and come to my rescue, but of course, they don't.

As I scream I see a flicker of fear flash across his face and he hisses at me.

"Shut up!" He slams one hand over my mouth and suddenly I think he's going to kill me because I can't breathe. I buck and writhe, trying to get him off me, but he just lowers his body down onto me, as I scratch at him with my free hand. His weight knocks the wind out of me and flashing lights burst into my head. I can't move my upper body and I can't breathe; yet I can feel what he's doing with his hand, and it feels as if it's happening in slow motion. He's undoing his pants.

My heart is racing so fast that I think I may die, and I wouldn't care; in fact, I wish I would. But then I remember the knife.

As he fiddles with his pants, trying to free himself, he lets go of my other hand, and quickly, before I pass out, I reach behind me, under my pillow and grab the knife.

Never have I felt so grateful. I feel wild and desperate. It's now or never. I'm going to be raped if I don't brandish this knife in his face. I'm terrified that he might use the knife on me, to kill me, but that would be better than having him violate me.

He seems to have lost direction, being focused only upon undoing his pants, and he looks shocked when I scream at him, and put the knife next to his throat.

"Get off me, or I swear I'll kill you," I say, knowing that I couldn't and wouldn't kill anyone, no matter what they did to me, but he doesn't know that, and I act well. A crazy thought bursts into my head...I'm glad Dad insisted that I take drama classes.

He pulls away from me, looking unsure for a moment.

"You crazy bitch," he says, and as he gets off my bed, he looks at me with a sick smile on his face. "That was just a little taste of what I'm going to do to you. I'll have you, you know I will."

"You come near me again and I'll tell everyone."

He laughs as he heads towards the door, and stands there looking at me with a smirk on his face. He wags his finger at me, and says, "Who would believe you? Quit telling lies, Ruby," he says, mocking me. "Little Ruby, always telling lies; no one's going to believe you."

And then he leaves my room.

I leap out of bed. I have to get out of here even though it's still dark outside. I get dressed quickly and run down the stairs, and just as I'm about to open the front door, Jerry comes chasing after me, telling me to "get inside."

I can't be in the same house as him because I know that whatever I do, he's going to find a way to rape me, and I'd rather die than let that happen.

My heart is racing so badly and I feel bruised, but I tear down the road as I hear him start his car. He's going to look for me.

I don't know where to go. I can't go to Mom's nursing home and beg her to believe me...it wouldn't do any good. Over the past few months he's made me look so bad that she'll never believe anything I say...not that she ever did.

I hide behind a bush until he drives past, and then I cut across a park, even though I know it's dangerous to be out in the park at night, because drug dealers hang out here. But I don't care. If they kill me, they'd be doing me a favor. I can't go on any more. I can't take this anymore.

I feel as alert as a hunted fox, and although I try to run away to find somewhere safe to hide, I stop every time I hear a car, and I bob down behind anything that'll hide me in case it's Jerry driving by, searching for me.

I head towards Bella's house, knowing that it's too early to ring her doorbell, but I don't know where else to go. I dodge and dart across the streets, hiding, and I see him several times.

As the dawn fills the sky with orange light and I see him yet again, I realize that he knows I'm going to Bella's house, and so I know I can't go there. I hate him more than anyone in my whole life, as he blocks my escape route.

I slip into the field behind Bella's house and head towards school. I have to talk to an adult. I can't go to the police because they didn't believe me last time I told, but if I can tell my school counselor, even though I don't like her, maybe she can do something.

I hang around for what seems like forever until

the school parking lot starts to fill. The teachers arrive at school a bit before the kids do and when I see her drive up, lock her car and walk towards the school steps, I come out from my hiding place and walk towards her.

"Ruby," she cries, and I know I must look rough. "What's the matter? Where have you been? You look like you haven't slept all night."

She takes me to her room and I can't help it anymore, I sob, and tell her everything.

"I need to talk to Marge," I say, fumbling in my pocket for her card. I find myself rocking in the chair and I tell her, over and over, that I need to talk to Marge.

She hands me a cup of orange juice, and I sip it while she makes a phone call. I feel as if I've gone mad. My head's spinning so badly that I can't think straight. Mom's going to be really mad at me. Weeks ago when I tried to tell her what Jerry was doing to me, she'd freaked out. She said I was a liar and that I was determined to ruin her life.

I can't go home, and I'm not going to go home. The adults here in school have to help me because, if they don't, I'll be dead by this evening...I'll kill myself. I can't take anymore.

I tremble in the chair and seem oblivious to the sounds of the school filling up with kids. I've lost all sense of time. Eventually the door opens and Marge stands in front of me.

"What's going on, Ruby?" Marge asks me, without any recrimination in her voice.

I look at her and suddenly it all becomes too much to bear, and I lose control of myself, as relief washes over me. She puts her arms around me as the counselor looks on.

I tell her everything through my sobs, and she strokes my hair and tells me that I'm brave. I don't feel brave; I feel afraid and desperate. I know my eyes must look wild.

"I could have killed him," I sob. "I can't go home. If you make me, either I'll be dead by the morning or he will."

I'm not manipulating, I'm just telling it how it is. I can't do this anymore.

I sit down again, trembling, and crying quietly, while the adults whisper and decide my fate.

I feel strangely detached from everything that's happening in the room, and I welcome it, for I don't want to be in this world, with all its pain and betrayal.

I have no idea how much time passes, but I'm jolted into the room and away from my thoughts when Marge gets down on one knee and looks into my face. She's wearing a frown, but it's a good frown, not one that tells me she's angry; it's one that tells me she's concerned about me.

My head stops spinning for a moment.

"Sweetheart, listen to me. I should have done

this when your dad was sentenced in court, but I didn't, and I wish I had. I'm sorry, baby. I should've taken better care of you and Rachel."

I wince when she mentions Rachel. Why would she consider her? She's been really happy since Jerry moved in.

"You've been hurt and you need to go somewhere to work it out."

She holds my hands and looks into my face. I'm aware that the door opens, and Bella walks into the room. She kneels down beside me, next to Marge.

"Ruby, I've been so worried about you."

Marge tells us that she's arranged for me to go to some place called "Beach Haven." She says, "It's a place where kids go to 'rest and grow' after experiencing trauma in their lives, and sweetheart," she says, holding my hand, "*you've* experienced trauma."

Bella nods, saying that she's tried to help me.

I nod, too, even though I feel lost.

Marge holds my gaze. "We're going now, okay? Say goodbye to your friend."

She looks at Bella, and says, "You'll be able to call or visit."

Bella hugs me and she's crying. I cry, too, but there's something deep within me that's relieved. I've waited years for adults to take charge and make everything right, and finally they're going to.

It's a weird feeling because, even though I feel

scared, wondering what's going to happen to me, to Mom, to Rachel and to Jerry, a sense of overwhelming relief comes over me. At last someone, an adult, is going to take charge and sort this mess out.

Marge tells me that she's going to take me straight there and then she'll go over to my house to pick up some of my things and talk to Mom and Jerry. I'm glad, because I don't want to see Jerry. I'm scared that he'll manipulate his way out of it and Marge will stop believing me. I also don't want to put up with Mom's anger at me for telling, yet again.

Marge smiles at me and squeezes my hand.

"I'm so sorry, baby. You'll be all right, now."

She drives for ages and I fall asleep, finally feeling safe enough to shut my eyes. I awaken when she stops the car.

"Wakey, wakey," she says. "We're here."

I yawn and stretch, feeling stiff.

We're parked in front of a big building with a sign above the front entrance that says, "Beach Haven, a place to rest and grow."

I can feel the warm breeze on my face as I open the car door, and I smell salty seawater on the air. There are seagulls screeching above me and a few strutting about the parking lot.

"Where are we?" I ask.

"Beach Haven is exactly what it's called...a

haven, a place of safety, by the beach. Can you hear the ocean?" I listen, and I can, but I can't see it yet.

Marge takes my hand and we walk towards the front entrance—old fashioned double doors.

"Don't be scared," she says.

My stomach's churning with anxiety, but only because I don't know what to expect. It's not because I feel fear; fear belongs at home.

A lady walks towards us as I look around me at two large staircases, one that turns to the right and the other to the left of the entrance hall.

The lady holds out her hand to me and shakes my hand. I stare at the floor feeling awkward.

"I'm Miss Tina," she says. "Welcome to Beach Haven. We're so pleased to have you come and stay with us. Don't be scared, beautiful girl, you're safe here. No one will hurt you."

I look at her, and I know that she knows what's happened to me. I feel a bit embarrassed and hope that she doesn't think I'm dirty. I hope she can't see the blame I hold in my heart that I'm in some way responsible for all the disgusting things that have happened to me. I'm not a "beautiful girl."

Marge hugs me really hard and tells me not to worry. I have a sudden urge to cry again. She puts a finger under my chin and raises my face.

"You're safe. Talk to the people here because all of them want to help you. This is your chance to get rid of all the pain you feel, so that you can move on and have a good life."

I nod. I want a good life. I want the kind of life Bella has. I can't see how I'll ever get it while living with my mom, but I block the thought as it comes into my head. I'm not going to worry about that. I'm going to let the adults work that out.

She plants a small kiss on my forehead, and as she heads for the doors she calls, "I'll be back tonight with your things. Oh, and I've got a surprise for you."

"What?" I ask, but she's already gone through the door.

"C'mon," Miss Tina says, "I bet you're hungry, aren't you?"

Suddenly I am. I follow her down a corridor, and she takes me to an office.

"This is where you can find me. I'm always in here unless I'm in group with you all."

"Group?" I ask, feeling anxious.

"Yes, group. Working your problems out in a group is priceless, because instantly you know that you're not the only one with the same problem. You know that other people *truly* understand what you're feeling. Have a seat," she says, pointing to a chair. "I know breakfast was over ages ago but I saved you some sausages and bacon, and I made you a sandwich...here."

Suddenly I'm starving, and she puts a plate in

front of me and hands me a soda.

"Thanks."

"It can be scary at first being in a group, but once you realize that everyone there knows what you've been through and how you're feeling, you'll feel safe and understood. It's a wonderful feeling."

I bite into my sandwich, unable to imagine that I could possibly feel wonderful if anyone knew about the vile things I've done and had done to me.

"What will happen to my mom?" I ask.

I feel scared because I know that Marge is heading to our house to tell Mom and Jerry that I can't come home because it's not safe in our house. She'll go crazy. Jerry will act all innocent, like he's the perfect "stepfather"—even though they're not married. He'll tell Marge how he always cooks breakfast for me and makes my dinner, and how I'm sullen and moody. Mom will interrupt him and say that I'm rude and ungrateful, too. Then he will say that he doesn't have any problems with Rachel, and that he's aware that I've been known to lie before. Mom will take over then and will insist to Marge that my dad is only in jail because I lied.

But as I think these thoughts, a flicker of hope flashes into my mind...Marge knows that Dad is in jail because he hurt Ryan, so if Mom says that he's only in there because I lied, she'll be able to see through her denial. It's a scary feeling having to trust an adult to draw the right conclusions, when all I've known is that they've been fooled by people who can keep a straight face and lie through their teeth; but I trust Marge.

"Marge has the paperwork to show your mom that the state is now involved in your care and that she doesn't have the final say in what happens to you. Are you worried about her?" Miss Tina says.

"I'm not worried about her; I'm worried that she'll be really mad, and say terrible things about me. She's never believed anything I've said. Even though the doctors told her that my brother had been...hurt...she still wouldn't believe it."

"My love, just because she refuses to believe what's going on right under her nose doesn't mean to say that it's not true. She's in denial, for her own reasons. When you're in group you'll learn about why some parents refuse to believe what's going on in their families."

I chomp my way through my sandwich as I listen to her.

"That's one of the great things about being in a group. Each person will give you a different take on things, and that helps you to understand, to pick out the reason that best fits what's going on in your family. It's a bit like doing a jigsaw puzzle; you try a piece here and you try a piece there, until it fits and it forms a picture in front of you so that you can make sense of the picture, of everything that's happened to you."

I finish my sandwich and Miss Tina sits at the big table dominating the room. There's stuff all over it. She smiles at me.

"I'm going to take you to your room and then I want you to rest for a while. Everything seems far worse when you're sleep deprived, and from what Marge has told me, you haven't been getting very much sleep lately."

"No," I say.

She stands up and we walk up the corridor into the big entrance hall and the staircases. We head to the one on the right, and she talks.

"We trust every kid that comes here so everyone has their own room. We believe that everyone needs their own space in this safe place."

She smiles at me.

"We also trust that if you ever feel like hurting yourself, you'll come and tell us, and we know you will, because this is such a safe and loving place that all the kids come to trust the adults here very quickly. Ruby, everyone is here to help you. Just be honest, say how you feel, and you will get past this. I know it hurts right now, but it will get better. I promise you."

We get to the top of the wide staircase and head around the corner. A man comes towards us and I feel myself bristle. My antennae's alert.

"Hi. My name's Ken, I'm one of the counselors here. You're Ruby, is that right?"

"Yes," I mumble. I don't want to look at him in case I see a shadow in his eyes that tells me he says one thing in front of other adults, but will come to my room in the night.

He says, "See ya later," and takes the stairs two at a time.

Miss Tina looks at me as if she knows what's in my heart.

"I know. It takes a long time to be able to trust anyone again once the very people you rely on betray you, but it will get better."

I follow her into a room, thinking that there's no chance of me ever trusting again. She walks towards the window and opens it. It faces the ocean, and beneath me is a playground, with swings and a slide. Beyond it is a grassy verge that runs into a sandy cove. The waves roll up the beach and I can truly say that I've never seen anything so beautiful.

Miss Tina shows me my bathroom and my closets, and tells me to lie on my bed.

"Listen to the waves as you lie on your bed. You'll feel peaceful and a sense of calm will come over you—it never fails. Sleep for awhile," she says, "and I'll come and get you later."

She pats my hand as I slip my shoes off and lie on the bed, and then she walks out of the room.

I lie here thinking. My life's so bad that I could easily kill myself. I don't trust adults. I'm scared that they'll fail me, and I'll have to go back home, where I know that Jerry is waiting to "have me." Adults have failed me since I was eleven, so what's different now?

I turn over, feeling the warm breeze billow through the curtains. I hear the waves and seagulls, and the sounds are so alien to me that I start to drift and accept that I'm in a place that's very different from anything I've ever known before. Maybe I *will* be able to learn to trust again. I don't know if I can, but Miss Tina has just shown me that she trusts me by letting me sleep alone, without someone to watch me or to tattle on me. As I toss and turn trying to get comfortable, and trying to make my thoughts go away, I realize that if she can trust me, then maybe, just maybe, I'll be able to trust her.

I have no idea how long I've been asleep when I awaken with a start as Miss Tina gently shakes me.

"Wake up, sweetie. It's nearly time for dinner."

I yell, and I sit bolt upright, fear coursing through me until I realize that I'm not at home.

"Go and take a shower. Marge has brought your things."

She nods towards two black trash bags in the corner of my room. I want to ask questions. I want to know how Marge got my stuff out of the house, and how she dealt with Mom and Jerry, but Miss Tina stands up and says, "Enjoy your shower. I'll be back in fifteen minutes, okay?"

I tip all my stuff onto the floor and then pack

it away in the closet and drawers. I pick out some clothes and take them into the bathroom. I feel as if I'm in heaven, standing beneath the hot jets of water, and even though I'm scared, and don't know what to expect when I go downstairs to meet the other kids here, I feel safer than I've felt since I was eleven.

I dress and check how I look in the mirror, but quickly look away. I look fat and gross. I brush my hair but it doesn't make any difference to the way I feel about myself.

I sit on my bed, and within minutes Miss Tina comes back.

"Are you ready to meet everyone?" she asks.

"No."

She takes my hand and smiles.

"Oh, yes, you are. C'mon. They're all waiting to meet you."

I feel sick and my head's spinning. I'm not ready for this. We walk down the majestic staircase, past reception, where a lady waves to me and says, "Welcome," and then along the corridor to a room with a sign above it that says, "Dining Room."

I want to run. I don't want to meet new people, and I certainly don't want to tell any of them how I'm feeling. As Miss Tina opens the door, I'm overwhelmed by a sea of faces in front of me.

Just as my head starts to spin out of control, one face stands out above all others...Ryan's.

Chapter Seven

"Surprise, surprise." Miss Tina laughs.

Ryan darts forward and throws his arms around me.

I feel blown away. There are kids staring at us but I don't care, they all fade into the distance. All I can think of is that my wonderful, wounded brother is here, and he looks great.

When we're done hugging and he tells all the kids that I'm his sister, over and over, like he's proud or something, I look at him. He doesn't look how I expected him to look. I've always had the image of him lying broken and in agony on the bathroom floor, and I'd imagined that there would be bitterness in his eyes, but I can't see any.

He grabs my hand and takes me to a big table at the far end of the room where there's loads of food laid out.

"Help yourself," he tells me. "Have whatever you want."

I feel awkward, and everything feels alien. I don't know what to do, so I follow him.

He talks to me as he fills his plate, and after I've put a little bit of food on my plate he nods at me, and I follow.

"Hey guys, this is my sister, Ruby," he says, even though everyone heard him as I came through the door. All the kids sitting around the table say, "Hi."

I sit down and the girl on the other side of me says, "Hi, my name's Jilly." She smiles at me. I don't feel self-conscious next to her because she's as fat as I am.

A girl opposite gives me a little wave. "Hi, I'm Sandy." She's not fat, she's skinny.

Ryan's mouth is stuffed with food and he points his fork towards a boy sitting next to Sandy, and says, "That's Bradley. He's a mess."

"I'm not," he says. "Well, no more than you are."

Ryan laughs. I can't believe that my brother is laughing. I've never heard him laugh. He looks different to me. I know he's two years older and loads taller, but there's something different about him.

I eat my food even though I'm not really hungry, and after we've finished and put our plates in the kitchen, Ryan takes me out on the playground.

"D'you want to sit on the beach?" he asks.

Do I? Yes.

He looks funny trying to run on the loose sand, and I plod heavily behind him. We sit a few feet away from the waterline, where the sea laps idly over stray seashells.

"How long have you been here?" I ask him.

"About six months, I think."

"What happened to you after Dad..." He looks at me, shielding his eyes from the fading sun.

"After Dad was jailed for sexually abusing me?" he finishes my thought. I wince.

"I found it hard to say at first, but here at Beach Haven they make you face it. They say that if you don't face it, and say it how it is, it'll live inside you and eat you alive like a cancer. They say that the only way to be rid of it is to face it head on, so we talk about it all the time, and each time you talk about it, it gets easier. Yesterday, Sandy said in group that talking about it was becoming like talking about the weather." He laughs, but I find it too hard to laugh. I can barely manage a smile.

"Where did they send you?" I ask, changing the subject. "I was so worried about you. No one would tell me where you were."

He picks up a stone and hurls it across the receding tide. It skims the waves and drops beneath the water.

"It was hard at first. They sent me to a foster

home, but that didn't work out."

"Why?"

"Because an older kid there tried to mess with me. Something happened to me, inside of me, after Dad was jailed. I was desperate for someone to stop Dad from doing what he did to me...even though I was scared."

He looks at me hard, and says, "I never had a chance to say thank you for forcing me to go to the police. I would never have done it on my own. I was scared, but I'm glad you made me go."

He looks out to sea, with something on his face that I can't fathom.

"Something weird was going on inside me. A part of me felt as if I were being punished by being sent away. I'd been hurt yet I was being punished. I changed inside. I was angry. I was determined that no one was going to hurt me in that way again, and so when this kid tried to mess with me, I fought back. I told my caseworker and they moved me to another foster home."

"What was that like?"

"Okay, but I don't think they liked me much. I heard them say I was sullen and moody. I didn't care. All I cared about was that no one was going to mess with me again. After a few months they told my caseworker that they couldn't cope with me anymore. They said that I was depressed and they 'couldn't reach me.' They gave up trying. Mind you, I don't blame them. I didn't trust anyone and I didn't want to be a part of their family. That's when they sent me here. My caseworker said that unless I got help to deal with the abuse I'd gone through, my life would be messed up. So here I am."

"What's it like here?" I ask.

"It's cool. I was really scared at first. I didn't trust anyone; I couldn't."

I know what he means.

"To start with I wouldn't say anything, and I couldn't believe how easily the other kids were able to talk about what had happened to them. It freaked me out. I didn't think that I could ever face the things that Dad had done to me, but once I started to talk about it, it got easier, and now I don't have any problem talking about it."

Perhaps that's why he looks so different to me, although I don't know how it would make any difference.

Sandy and Bradley join us.

"Hey, what's up?"

"Not much."

"It seems pretty free here," I say. "I was expecting it to be stricter."

"Yeah, I was surprised when I first came," Sandy says. "It's because this place only takes kids that really want to work on their problems. And if you truly want to work them out, why would you do anything silly, like running away or hurting yourself?

The staff trusts us, and I guess we feel obligated to prove to them that they can trust us. It's weird because when they trust us so much, we trust them."

"I can't imagine anyone wanting to run away from here," Ryan says. "It's the coolest place on earth, it has to be. I mean, take a look around you."

I can see what he means; it's beautiful. There's a fishing boat bobbing out to sea and a couple of people wind gliding across the water. The sun is an orb sitting on the horizon casting a golden path from the waves that roll gently in front of us, to the point where the sun is slowly slipping away. Everything is calm; there's no anger, and no fear. It's peaceful. I can't believe it.

A bell rings as the light begins to fade.

"We have to go in, now," Ryan says. So we stand and brush the sand off our clothes.

I follow the others, and I'm panting hard by the time we reach the playground.

Ryan shows me where to get some hot chocolate and cookies before we have to go to bed.

The kids are laughing and goofing off, and I can't believe that these kids have *any* problems, let alone having been sexually abused.

I get into bed wondering what it is about this place that can allow my brother to change so much, from the kid who had lain broken and in agony on the bathroom floor to a kid who's able to laugh and joke about. I want what he's got. I want to be able to laugh again. I want to feel safe and peaceful. I want to be the person I was before my eleventh birthday.

Miss Tina and Ken say "Goodnight" to us as we head up the staircases—boys to the left and girls to the right.

Jilly and Sandy give me a hug before I go into my room and I feel a bit awkward because I don't know them; the only person I feel okay about hugging is Bella. But I hug them back, as I feel that they're trying to be nice to me, and I'm grateful.

I brush my teeth and get into bed. The window's still open and the sound of the waves soothes me. I find it really hard to go to sleep because it's become a habit to stay awake and be on guard. I've heard of people counting sheep on a hillside to get to sleep, but I decide that I'm going to count shells on the seashore to help me sleep. That way I can remind myself that I'm at Beach Haven and I'm safe from Jerry.

I'm awakened by girls calling out to each other. I stretch. For the first time in four years I've slept without being scared, yet I feel exhausted.

I head for the shower and that wakes me up a bit. When I'm dressed, I poke my head out of my door and see the other girls doing their hair and putting their makeup on. I feel left out because I don't have any.

Miss Tina comes around the corner, panting.

She says, "Y'know, I'm going to have to start running up and down those stairs twenty times a day so that I can get fit."

She smiles and comes over to me.

"Did you sleep well?"

"Yes, I did, but I feel exhausted. What's the matter with me?"

She pats my shoulder and says, "I know, my love. We'll talk about it in group. Right now, it's breakfast time and we have pancakes. I can smell them and I'm *hungry*."

"Me, too," says Sandy, coming up the hall.

"Me, too," the other girls say behind her.

I follow the other girls down the staircase, and we meet up with the boys, who are running to be the first in line. Ryan waves at me as he heads off. I can smell food everywhere, and it makes me hungry.

I follow the girls and we take what we want and sit down. I sit with Ryan.

"Hi, Ruby, how'd you sleep?"

"Good, pretty good."

He doesn't say much because he's shoveling food into his mouth, and so I eat mine. It feels good; I haven't eaten a proper breakfast for ages.

We have to go back to our rooms, to make our beds and clean our teeth. I love doing both. There's something wonderful about doing chores when you know that you're safe and no one is going to pop out at you and make you do vile things. I tidy my room until it resembles a palace, and then I do the same to my bathroom. When the girls tell me that we have to go, I follow them. We go into a room with a sign above it, saying, "Group Room."

I remember Miss Tina talking about groups yesterday, and suddenly I feel really anxious. I don't know what's going to happen in this room.

There's a circle of chairs, with a big one that I assume is for Miss Tina, or some other adult, and a flipchart set to one side. The chairs are comfortable, not like office chairs, and soon we're all seated. My stomach's churning and I realize that I'm afraid. This is crazy. I've lived with fear for four years, and yet I feel more afraid right this minute than I've ever felt in my whole life.

Miss Tina walks into the room and sits in the big chair. "Hi. Did you all sleep okay, and have a good breakfast?" she asks.

She waits for us all to comment, and most of the kids say, "Yes."

Miss Tina says, "In a minute a new girl is going to join us. Her name is Joelle. So we have two new girls to welcome—you've all met Ruby." She smiles at me and I give her a bleak one back.

I sit in silence as the door opens.

Ken doesn't push Joelle into the room, but I get the feeling that she doesn't enter on her own. She looks as scared as I feel.

Miss Tina walks over to the door, thanks Ken, and takes the girl by the hand and draws her towards the group.

"Everyone, this is Joelle," she says. She points to an empty chair and asks her to sit down.

Joelle looks as bad as I feel. She sits down quickly and seems to shrink down in her seat, giving me the impression that she doesn't want to exist. She doesn't seem to want to draw any attention to herself. I feel like that, too.

"Joelle, this is Ruby's first time in a group, too, so you're not the only one that feels nervous. Talking about the awful things that have happened to you may seem terrifying at first, and everyone here has felt that way, right?"

"Right," all the kids say.

"But being in a group with other kids who have been sexually abused will be the best thing that's ever happened to you in your short lives, once you get used to it. Trust me, it's true," she says, smiling.

Some girls are nodding.

I don't trust anyone right now, so I don't believe her, but I listen anyway.

"Before anyone found out, or you had the courage to tell someone, the one thing you all felt was..."

She walks to the flipchart and writes with a red marker, "ISOLATION."

"Every one of you would have felt totally alone,

particularly if you found the courage to tell and no one believed you. Am I right?"

She looks at me.

I nod. Yes, I felt totally alone, even before I told Mom. I couldn't tell anyone. I had felt cast adrift in our family, like a small boat drifting alone in the ocean. I didn't know Dad was doing it to Ryan. Ryan glances at me and nods. I know that he felt alone, too.

"Being in a group will help you in five ways. The first is that maybe for the first time you'll know that you're not alone."

She draws a line through the word "isolation."

"When you realize that it's happened to others, you know you're not alone, and it forces you to challenge any thoughts of self-blame you may have. Being in a group allows others to let you know that they understand exactly what you've been through, and what you're going through now...that's called empathy."

She writes as she talks.

"You're not alone."

"Challenges self-blame."

"Empathy."

"Then, even though to begin with you may feel embarrassed to talk about the details of what's happened to you, when you do, it takes away the shame. In the end, discussing the details becomes 'matter of fact.'"

I glance at Ryan and wonder if that's why he looks so different to me. Has talking about all the awful things that happened to him taken his shame away? Is the difference between what's in his face and what's in mine because I still feel ashamed and he doesn't? I'd give anything to stop feeling ashamed.

Miss Tina writes, "Removes shame."

"And, as you travel along this journey towards becoming emotionally healthy, you'll receive support from the other group members."

She writes, "Support," and then sits down.

"So Ruby and Joelle," says Miss Tina, "I know you're feeling anxious right this minute, but being here in this safe place, in this group, you will find these things, and you will get through this."

I glance at Joelle and she glances at me, and we share a guarded smile.

"I know that at the moment you're feeling damaged by what's happened to you, and that's natural, but I want you to think about it in a different way. Do you realize that *you* are the most emotionally healthy person in your family?"

She looks at Joelle, who shakes her head. I can't see where Miss Tina's coming from either. I *do* feel damaged, so how can I be the most emotionally healthy person in our family?

She smiles at me and laughs, saying, "Well, Ruby, in your case I guess Ryan has beaten you to it, having worked on this for a few months."

He grins at me, and again I'm shocked by the change in him. There's nothing in his face that resembles the broken boy, lying in agony on the bathroom floor, that I remember so well.

Joelle says what I'm thinking. Her voice croaks, and I know she's as scared as I am.

"How can you say that?"

"Well, sexual abuse in the family—incest, and that means *any* family member, not just fathers—can only occur if other family members ignore the signs. And if they ignore the signs, and worse, if they ignore it after a child tells, they are sick. *You* have had the courage to speak out, and have had to suffer your family's reaction, so that means that *you* are healthy and they are not."

I glance between Ryan and Joelle, trying to take in what Miss Tina's saying.

"So, even though you may feel as if you're emotionally unhealthy or damaged by the awful things you've experienced, trust me, you *are* the healthiest person in your family."

Joelle seems to sit higher in her chair. She smiles at me and I smile back. I glance around the room and the kids are all smiling at us, and I wonder about them. What has been happening in this room over time that has enabled the kids around me to sit easily in their chairs, to smile and laugh, to feel no embarrassment or shame, and to have no fear on their faces? Whatever it is, I want some of it.

"We'll talk some more about this another day when Miss Connie comes in."

"Who's that?" a kid asks.

"She's a lady who knows all about unhealthy families, and who counsels kids who've suffered sexual abuse. She has a very sad story to tell."

Miss Tina stands up again and goes towards the flipchart and points to the word "isolation" with the line through it.

"Okay, so let's explore what was happening inside you when you felt isolated in your families. Bradley, please come up here and write for me."

He jumps up and takes the marker.

"Okay, let's show Ruby and Joelle how we do this, how we face this without embarrassment or shame. What did you feel when you felt isolated from your families?"

Most of the kids speak out and I'm amazed by their honesty.

"I found that I stopped trusting anyone. But somehow it was worse than just not trusting people. I started to believe that everyone would hurt me, or betray me," Sandy says.

I wince. That's exactly how I feel. Of course I stopped trusting Dad, even though I still loved him, despite everything he did to me. But I stopped trusting Mom when she wouldn't believe me, and there was no way that I could trust Jerry. I'm not surprised that I didn't trust them, but I think I understand what Sandy means, because when Bella's dad drove me home after the kid's birthday party I remember feeling awkward being alone with him. Then I remember feeling scared that Marge would let me down and would believe Mom and Jerry over me. I realize that I expect people to let me down or to hurt and betray me. I swallow hard.

"I felt totally worthless," a guy says. "And I also felt ashamed. I felt dirty all the time, but I also felt guilty. I felt that it was my fault and I had asked for it in some way...but I didn't know how."

Jilly speaks out. "I felt that way, too. I felt as if it was my fault, as if I was doing something that was making him come on to me. Mom said that men like skinny girls who care about the way they look, so I can remember deciding that I couldn't allow myself to be pretty. I set out to get as fat as I could because I knew that my dad didn't like fat girls, and I didn't wear any makeup. It was hard, though, because as soon as I did that, the kids at school gave me a hard time. It was like I had to choose; I could either be a nerd at school and keep myself safe at home, or I could be accepted by the in-crowd at school and be unsafe at home. I chose to keep myself safe at home."

I have a sudden urge to cry. I've never been around people who are comfortable being so honest, and even though I'm feeling uneasy, I know something great is happening in this room. I want to be around these kids. They let me know that they've been through the same things I have, and they know so much more than I do. I, too, have deliberately been trying to get fat so that Jerry wouldn't want me, and I've deliberately not taken a shower to put him off. Yet I've had to endure the kids at school putting me down. I know exactly what Jilly's talking about and tears prick my eyes. I look at her and, although I can't help but see how big she is, she suddenly seems beautiful to me. She smiles at me and I know she knows where I'm at.

"I felt like I couldn't be me. I learned to act," a girl says.

"How, Erin?"

"Well, I felt as if I was dying inside, but because my mom wouldn't believe me, and said that if I didn't stop telling lies we'd lose everything, I played the game. I acted as if things were okay when they weren't. I was good at it, too. No one knew, yet every time I smiled when I wanted to cry, and every time I joked around, I felt fake, and I felt as if the real me was dying."

I struggle not to cry. I have lived with deceit since my eleventh birthday, and it's all I know. These kids are jamming a wedge beneath a door inside my mind, and part of me wants to keep it shut because I'm afraid, but another part of me wants it to open, if only so that everything that's hidden behind the door can escape and be gone for good.

I have always been grateful for the drama classes Mom and Dad insisted I take, and I know that I've always been good at acting, but suddenly it seems like a curse. If I hadn't been so good at it perhaps someone, anyone, would have noticed something was wrong.

"I felt as if I couldn't let my guard down. I couldn't have fun, even if everyone around me could. I spent years watching and waiting for him to come to my room," a girl says.

"Say more, Pansy," Miss Tina says.

"Well, it was as if I knew he was coming to get me but I just didn't know when. It seemed as if my whole life was spent watching everything he did so that I could keep myself safe, and I *hated* it."

She sounds so angry. "I hated *him*, and yet my whole life revolved around him. I felt trapped, and I didn't know where to go or what to do. And all the time he seemed glad that I was such a mess. He never missed an opportunity to put me down or make me look bad in front of my mom, so that when I finally tried to tell her what was going on, she thought I was lying."

She takes a deep breath. "I felt so alone even though I had lots of friends. I was too scared to have fun and too scared to be spontaneous, you know, just going for it. I was constantly watching and waiting for what was going to happen next. I feel as if part of my life has been lost. It's lost and I can't get it back. I feel *cheated*," she says through clenched teeth.

"I'm sure," Miss Tina says, nodding at her.

Joelle coughs, and everyone looks at her.

"I...I...um, well, in my family the only way to get any attention is to do what everyone wants. That's okay if you can please people by doing *chores*, but in my family pleasing people means *doing* things. I learned that nothing I wanted mattered. I felt as if I didn't exist."

Miss Tina beams at her. "Well done, Joelle."

She sits up straighter in her chair, and so do I.

She's brave to speak out when she's only just come into the room and doesn't know anyone. I feel as if I have to say something, too, but I don't know what to say. It's hard to face the things these kids are dropping in front of us with such ease.

Thoughts pop into my head. How d'you get to be as honest and up-front as these kids are after being so hurt and abused? How do I face what's happened to me and not break down? What will happen to me if I do break down? I'm not sure if I'm ready to face everything that Dad did to me; I've buried it so that I *don't* have to face it or think about it. Talking about it will mean digging everything up and I'm afraid that it'll hurt too much. I sit in my chair feeling numb.

Miss Tina speaks, jolting me from my thoughts.

"Okay, let's look at what we have here. The

question was, 'What did you feel when you felt isolated from your families?' Let's see what Bradley has written."

He hands the marker to Miss Tina and goes back to his chair, collecting a "high five" on the way from several kids.

"Okay, let's look at what we've learned. When you feel isolated from your families, and you are trying to hide a terrible secret, you will..." she points to the flipchart.

"Stop trusting."

"Expect betrayal."

"Feel worthless."

"Feel guilt."

"Feel shame."

"Think that you've 'asked for it.'"

"Overeat and put on weight."

"Try to be unattractive."

"Have poor hygiene."

"Will learn to act well."

"Be watchful."

"Have no fun."

"Please other people, even though it may hurt you."

Miss Tina beams at us, and says, "Oh my, how amazing you all are."

Chapter Eight

I don't know whether it's because I'm feeling anxious, but at lunchtime I don't eat very much, nor does Joelle. I sit next to her, and she says, "So you're new, too?"

"Yeah, I got here yesterday. It's a bit scary, isn't it?"

"I'll say. I can't believe how honest everyone is. They make it seem like it's no big deal. Um, that's not what I mean because it *is* a big deal, but maybe..." she says when I frown, "...it's like Miss Tina said..." She seems to be struggling to find the words. "I know...it's still a big deal but it's *acceptable* to talk about it. Yes, that's what I mean."

I nod. "I thought you were so brave to speak out. I couldn't. I didn't know what to say."

"I don't know what made me do it," she says, smiling at me. "I suppose I just got swept along with everything the other kids were saying."

I vow to try harder the next time we're in group.

Sandy and Erin join us.

"Well, what d'you think about group?" Sandy asks. She grins at us.

"Scary," I say.

She laughs. "Yeah, it is to start with, but you'll get used to it, and when you do, you'll feel wonderful. It's hard to describe what it feels like to know that you can be *totally* honest and know that no one will judge you, and no matter what you say, you'll always be accepted. It makes you feel completely...um, free."

I look at her and no one would ever know that she's been sexually abused. There's nothing shameful about her, nothing furtive or secretive, all things that I know live inside me. I want to learn how to be as honest as she is because I long for all the bad feelings inside of me to go away. I want to feel free, too. And I know that the only way I'm going to feel free is to be as honest as everyone else in the group is. I put my fork down. Suddenly I'm not at all hungry. I'm scared, but I'm going to do it.

We're allowed to spend the rest of the day doing what we want to do, and I'm surprised.

Erin points to the posters that are dotted around the building. "See, 'Beach Haven, a place to rest and grow.' We spend some time in group, growing, and then we rest. I guess that's so we can take in everything we learn, and let it...um, settle, so that we're okay to move on the next day."

Sandy says, "Miss Tina, Ken and Miss Cassie, that's our Life Skills teacher, are always there if we need to talk something through with them, but most of the time we talk to each other about things when we're hanging out on the beach. You can do whatever it takes to help you come to terms with the stuff we deal with in group...sleep, write in your journal, paint, exercise, make pottery, sew, swim, run, collect shells from the beach...anything. Miss Tina says that while we're *resting*, our minds are coming to terms with our 'issues,' and even though we seem to be resting, we're still working and growing."

I spend the afternoon on the beach hanging out with the other girls, getting to know them. They're as nice as Bella, but incredibly different than the other girls at school. No one picks on me for being fat, and no one gossips or says bitchy things about anyone else.

I comment on it. Erin puts me straight. "Think about it, Ruby. If I heard some of the girls gossiping about me, I wouldn't feel safe enough to open up in group. So it's a rule here at Beach Haven that no one is to gossip." She shrugs, "It just isn't something we'd want to do; after all, if someone gossips about you, it makes you feel bad, and we want to help each other here."

I wish some of the girls at school could hear Erin talking. I sigh and lie back on the soft, powdery sand and close my eyes, basking in the warm sun. My mind is buzzing with all the things I've heard today. I cannot believe how different my life is from how it was a couple of days ago, when I was terrified the whole time, and victimized by my sister. As I think about Rachel, I feel sad. She's my sister; we should be close. I wish we were. A horrible thought slides into my mind from nowhere...I wonder if Dad ever touched her. Maybe she hates me so much because he hurt her and she thought that I was safe.

The thought stays with me all afternoon, and when I see Ryan at dinner I ask him what he thinks.

"It's possible," he says. "After all, I thought I was the only one he was doing it to. I had no idea he was doing it to you, too."

"But you didn't go around hating me in the same way Rachel hates me," I say, feeling stumped by my own theories. "Oh, I don't know. I guess we'll only ever find out by asking her, and she won't speak to me."

"I'll write and ask her," Ryan says. "It just shows how isolated we were in our family. I didn't know what you were thinking, and you didn't know what I was thinking, and now neither of us knows what Rachel's thinking."

I don't eat much at dinner either. It isn't because

I'm not hungry. I just stop eating when I feel full.

The kids play-fight over who's going to get what armchair in the living room during the evening when we watch a movie. They amaze me. It seems really odd to me that kids who have been so abused know how to have fun. I want to learn because I haven't had fun since I was ten years old—well, accept when I've been with Bella.

I don't see the end of the movie because I feel tired and go to bed early. Even though I haven't done anything all afternoon, I feel exhausted. My head's spinning and my mind is working overtime. Perhaps that's why I'm so tired. Perhaps that's why Miss Tina says that we need to rest so that we can grow.

Thoughts flash into my head. I think about the good food we have here, and then I think about why I haven't eaten very much since I got here. It dawns on me that for the past four years I've been stuffing myself, even when I wasn't hungry, just so I'd get fat in the hopes that Dad and Jerry wouldn't find me attractive. I don't have to do that anymore. I'm safe here. That must be the reason why I've suddenly stopped eating so much. I feel excited by my discovery and I can't sleep. I get up and go to find Miss Tina to tell her. I bump into Jilly on the way down the stairs.

"Have you seen Miss Tina?" I ask.

"No. What's the matter?"

I'm so fired up with my thoughts that we sit on a step and I tell her why I deliberately allowed myself to get fat.

"That's exactly what I did, too, but it didn't work. Look at me," she says, pointing to her wobbly belly. She grins. "It used to be fatter. I found the same thing happened to me when I got here. I just didn't need to eat so much anymore and gradually my weight's gone down."

"Hey girls," Miss Tina says, coming up the stairs. "What's up?"

"I couldn't sleep," I say, and I tell her what we've been talking about.

"D'you know, it's very common for people who have been sexually abused to put on a lot of weight. One of the reasons you've already identified...trying to make yourself less attractive, or so you think. But that rarely stops the abuser. Another reason seems to be that being bigger gives the person the illusion that they are stronger and may be able to ward off their attacker. Neither work, do they?"

"No," we say together.

"And to make things worse, your health suffers if you carry too much weight around, and then you're more likely to be bullied, and that assassinates your self-esteem."

"Yeah," I say, knowing exactly what she means. "Well, I've decided that I don't need to be this big anymore because I feel safe here, so I'm going to eat healthy from now on."

"Good for you," Miss Tina says. She pats my hand and says, "Ruby, you've just done a very valuable piece of work on yourself and you've opened up to someone else. Well done. It wasn't so hard, was it?"

I smile at her.

"No, it wasn't; it felt good, too."

She hugs us and I go back to bed feeling excited that I've made a start at talking honestly to the other kids.

Every day I seem to learn something new. Today in group Miss Tina writes the word "GROOMING" on the flipchart.

"Today we're going to look at how sexual abuse happens. It's less common for it just to happen out of the blue; rather it's usually a gradual process where the abuser deliberately changes the boundaries between you both. Abusers are masters at manipulating. They divide and separate their victim from the rest of the family. Think about how it started for you."

Sandy is the first to speak out.

"Every time my uncle came around our house, he'd make a fuss over me, and give me candy if I sat on his knee. He'd cuddle me, but I didn't think anything of it because Mom and Dad were always cuddling me. He'd tickle me under my arms or on my tummy, and after I got used to him doing that, he'd tickle me in places where he shouldn't. But

I didn't stop him because I just accepted it, and thought it was okay. Then when I was used to that, he began to touch me."

Miss Tina says, "So he gradually moved the boundaries of what was appropriate touching to what was inappropriate touching between you both? Each time he made a move, he waited until you were okay with it, and when he made another move, he waited until you were okay with that. His behavior was deliberate, designed to work towards his goal, and his goal was to touch you. Behavior like that is called 'grooming' and it has one purpose—to get you accustomed to his behavior so that you won't tell, and so that he can *go further* next time."

Erin says, "My piano teacher started to touch me by insisting that he sit next to me on the long piano stool. Then he put his arm around me to help me press the right notes. I was uncomfortable with it at first, but then, when he said that he was only trying to help me, I was okay with it. When I did a good job, he'd squeeze me, which then turned into a cuddle. After the first time he'd touched me, I told Mom that I didn't want to play the piano anymore, but she wouldn't let me stop. I hated him, because he lied about me. He said that I was lazy and I needed to practice more, and that's why I wanted to give up. Mom nagged me to death and forced me to have even more lessons with him because she thought I was slipping behind. When I finally found the courage to tell her what he was doing to me, he said that I was making false allegations just so that I could stop having to take piano classes. I hate my mom. She believed him. She wouldn't believe me. She tried to force me to go, but in the end he refused to teach me and said that he had to protect himself and his reputation." She almost spits the words out.

Miss Tina says, "His behavior was all part of the grooming process. The abuser has to protect himself by being able to discredit you if he feels that he's about to be discovered. He has to make sure that you will not be believed."

I'm itching to speak out, but I'm scared.

Ryan beats me to it.

"My dad discredited me all the time. When he raped me, it hurt so bad that I'd cry, and he belittled me by saying to Mom that I was a crybaby, and that I was always crying for nothing."

My stomach flips over, and I think back to all those times that Ryan would cry. I feel so awful because I, too, thought he was a crybaby. I can't help myself, I start crying.

Miss Tina says, "Ruby?"

Everyone looks at me and I cry harder. I feel as if a dam has burst inside me.

When I feel able to speak, my voice sounds strangled. "Ryan, I'm so sorry. I thought you were a crybaby, too." I cry some more, feeling so ashamed of myself. "I used to feel angry with you for making Mom and Dad mad because you were always crying. I'm so sorry."

Miss Tina holds up her hand.

"Stop, Ruby. You have nothing to be sorry for. You were reacting just as your dad had hoped you would. *He* set it up so that you'd all react in the same way in order to isolate Ryan. So if Ryan did tell, no one would believe him. He could say that he was always making trouble and always crying about something."

I feel sick as I think about my dad. He's a monster. To think that he would walk into the living room and say horrible things about Ryan, and call him a crybaby, when he'd just raped him. How could he sit there listening to Mom yell at Ryan for making so much noise, and watch Rachel and me become irritated with him, when he knew why Ryan was crying? That's sick. I blow my nose.

Ryan speaks out. "Ruby, don't ever say sorry to me." He shakes his head as if he can't believe I said it. "You saved me. It was thanks to you that it stopped."

I'm crying again.

Miss Tina says, "What are you feeling, Ruby?"

I sniff and shrug. "I'm not sure. I've blamed myself for the fact that Ryan was taken away. No one told us where he'd gone, and I felt so guilty. I didn't know if he blamed me or not."

"Are you kidding?" Ryan says. "Yes, I was scared when I went into foster care, because I didn't know what to expect, but I didn't want to go home. I knew Mom would blame me for Dad being in jail, and I couldn't cope with that. I felt guilty."

"She didn't blame you," I interrupt. "She blamed me."

Sandy asks, "Why did *you* feel guilty, Ryan?"

"Because Dad had told me over and over that if I ever told, he'd be put in jail and we'd lose our house. He said that everyone would blame me, and he said that I'd be hurting Mom and my sisters if I told."

Miss Tina smiles and says, "That's a perfect illustration of the manipulation an abuser does while grooming his victim. He twisted the responsibility for his abuse back onto you. It would be your fault if he got found out. He kept you silent by playing on your loyalty towards your mother."

"I don't remember him saying that to me," I say.

"Okay," Miss Tina says. "What *did* he say that stopped you from telling?"

I think for a moment.

"Um...he told me that I was special, that I was his little princess, and that I couldn't tell anyone, especially my sister Rachel, because she'd be hurt that she wasn't special to him."

"Manipulation!" Miss Tina says, triumphantly.

"He played on the concern you had for your sister. You didn't want her to feel hurt, did you?"

"No, of course not."

"That was a sneaky piece of manipulation," Miss Tina says. "He made sure you stayed silent, but he also kept you sweet by saying that you were his special girl."

"I adored my dad. He was everything to me. I was glad that I was special to him. Oh, I wasn't glad he did things to me," I add quickly, "but I was pleased that he favored me." I shrug. "I know that sounds bad."

Miss Tina frowns at me. "Ruby, there isn't a child alive who doesn't want extra attention from their parents. Stop beating yourself up."

"I remember feeling confused, though. I didn't understand why Dad didn't think Rachel was special, and I was scared that I'd do whatever she'd done, and I wouldn't be special to him anymore."

"She hadn't done anything. Your dad just targeted you instead of her, that's all."

"But why?" I look around the room, hoping that someone will give me the answer. "I've spent four years believing that I did something to make Dad do things to me, and then there was Mom's new boyfriend. What is it about me that makes men do things to me? I must have asked for it in some way."

Miss Tina sounds angry and almost shouts.

"Stop right there. Nothing you did, or didn't do, makes you responsible for someone abusing you. Do you all hear me? You are all children, and adults have abused you. It is *their* responsibility, not yours. They have manipulated and preyed upon you, finding ways to keep you silent for their own sexual gratification. They have used the trust that children have in adults to their own advantage. None of you is to blame for what's happened, and it's not your fault."

Pansy starts crying.

"What is it?" Miss Tina asks.

"I feel so guilty," she sobs. "None of you will understand me, I just know it."

I look at her and wonder what she's going to say that she thinks won't be understood in this place, where anything you say will be accepted.

"All of you seem to hate your abuser, but I don't. And..." She sobs harder. "And I *liked* what my dad did to me. It felt good. I feel so ashamed for liking what I knew was wrong."

She's right, I don't understand, but I don't say anything because I wouldn't want to hurt her feelings.

Pansy hides her face in her hands and sobs louder. Miss Tina goes over to her and kneels down. She gently takes Pansy's hands away from her face.

"Sweetheart, you are so brave to say that. I admire you so much. Don't be ashamed, and don't feel guilty. God gave us physical bodies that are designed to become sexually aroused when we're touched in a certain way. Your body responded in the way it was made. You did nothing wrong. It's your dad that did wrong."

"I feel dirty though," she cries.

Now I understand her. I feel dirty, too.

Most of the kids say, "Me, too."

Miss Tina goes back to her chair and Pansy stops crying.

"Y'know, Pansy, in many ways your recovery will be easier because you *were* sexually aroused."

"Why?"

"Well, one of the worst things about being sexually abused is that when the victim grows into an adult and starts to form relationships, having sex can be a problem. It can bring about bad flashbacks of the abuse and stop you from enjoying sex. I'm not saying that you won't have any flashbacks, but the fact that you found being touched pleasurable means that you will be open to that aspect of relationships in the future."

Pansy smiles. I wonder about myself. Will I be put off by sex in the future? I know it doesn't matter now because I'm only fifteen and I'm not ready to have sex, but what about when I'm older? Will I ruin my relationships because every time I have sex I'll be reminded of the things my dad did to me? I feel overwhelmed. Even though we're talking about it all, will I ever get over it and be able to move on and have a good life?

Miss Tina seems to sense what's going through my mind because she says, "It can seem overwhelming at times, can't it?"

There's a knock on the door and Ken comes in pushing a two-drawer filing cabinet.

He looks funny and some of the kids laugh.

When the cabinet is in front of Miss Tina, he pulls the top drawer out, and without saying anything, he tips it upside down and all the hanging files inside fall to the floor, spreading colored papers everywhere. He puts the drawer back and pulls out the bottom one, and tips that out, too.

"Well, that's a fine mess," Miss Tina says laughing.

She bends down and scoops up all the papers in the air and we watch them fly about. I don't know what's happening.

"This is what it can feel like when you're overwhelmed by your feelings and your memories. It can feel insurmountable. It becomes a terrible mess and you can't see the wood for the trees. Look at this mess. If someone said, 'Deal with this,' I wouldn't know what to do or where to start. That's a bit like coming to terms with having been sexually abused. Where do you begin to deal with it? How can you sort things out? Y'know, when I look at all this mess, I feel frozen. I can't do anything. I feel stuck. If you try to deal with *everything* about your abuse at one time, you may feel overwhelmed. So this is what to do, okay?"

She starts to pick up all the hanging files and clips them back into the filing cabinet drawers. Then she picks up the pink papers and puts them into one hanging file.

"Come and help me," she says.

We each choose a color and pick up those papers, and soon the floor is clear and all the papers are in separate hanging files. She closes the drawers.

"Okay, imagine that your mind is this filing cabinet. It's full to the brim with thoughts and memories. To look at them all at one time would be totally overwhelming, but if you can deal with one thing at a time, one hanging file at a time, then you can deal with it more easily."

She holds up a key and then locks the cabinet, and turns back towards us.

"*You* hold the key. No one can make you examine your thoughts and feelings. Only you can open the cabinet, and when you do, you're in charge of what you look at. Take one hanging file at a time, one feeling at a time, one memory at a time, and then you won't feel overwhelmed. You can look at as much as you want to, as much as you can cope with, or as little as you want to, and nothing more. That way you can deal with your feelings safely, and at your own pace."

She turns back to the cabinet and unlocks it.

"This can also work in another way. You see this file here," she points to the first one. "That's everything that happened to me at college. This next one holds all my memories when I went to camp, and I'm not sharing any of those memories, okay?" she laughs.

"This next file holds all my memories of my children when they were little. This next one holds all my memories from my childhood. Can you see what I'm saying? Now this one at the back, with the orange papers, holds memories that I'd rather not remember. If all the papers, all my thoughts were lying in a mess on the floor, I'd see the orange papers all the time. I'd be faced with the memories I choose to forget all the time. I'd constantly feel bad, and I'd never feel free of them."

I think I see what she's getting at.

"Now, if I hold the key to my filing cabinet, my mind and my memories, I'm in charge of what I remember and what I think about. Therapy, and freeing yourself from the shame you feel after having been sexually abused, involves looking in the file titled, 'sexual abuse,' working through it, and then leaving it alone. Even though you know it's still a hanging file in your filing cabinet, a memory in your mind, you can work through it and let it go, or you can dwell on it. If you're able to let it go, and realize just how strong you are, that none of it was your fault, and how healthy you are, you'll be free of it. But if you dwell on it, you'll be trapped. You could become suffocated and bitter, and you let your abuser win.

"I hate that these awful things have happened to you, I really do. It's not fair, but there's a truth that you have to face; there are evil people in the world and you can't change that. But what you can change is how you deal with the pain and betrayal you've felt in your life."

I want to work through this so that I can live my life properly, to fulfill the dreams I had when I was ten years old. And even though I *do* feel overwhelmed at the moment, I'm going to try to see my thoughts and memories in the same way Miss Tina's just shown us.

I'm going to open a new file in my head called "Sexual Abuse" and everything related to what's happened to me will stay in there. I'll know that it's still there, still inside me, and I can look at it if and when I choose, but it's not going to rule, or ruin, my life.

Ken hands something to Miss Tina, and she says, "I want all of you to close your eyes and hold out a hand."

I shut my eyes and hold out my hand. I can hear Miss Tina coming closer to me, and when I feel her next to me, she puts something in my hand.

"Keep your eyes shut, and make a fist."

I do as she asks.

After she's been around the group, she says, "Keep your eyes shut and listen to me. You have in your hand a key. It is the key to your filing cabinet, your mind. *YOU*, and only you, are in charge of your thoughts and memories. If you experience bad memories or flashbacks, don't panic. See them as the orange sheets of paper, the ones that need to be kept in a file all of their own."

She tells us to open our eyes.

"Keep the key in your pocket, so that it will remind you that *you* have control over this and can beat it."

She goes over to a shelf and comes back with a black tin box, the sort my Grandma used to keep her money in.

"Now if you find that you're having too many flashbacks to cope with, you need to do something else to keep yourself safe from them. If you still see your orange sheets of paper from the back hanging file, the back of your mind, every time you open your filing cabinet, every time you think, then this is what you have to do. Take all the orange sheets of paper, all your awful memories and stow them in this locked box."

She reaches into the hanging file at the back of the filing cabinet and takes out the orange papers, and folds them before putting them in the tin box. She holds up a key and locks the box.

"All the bad memories are safely locked inside this box and only you have the key."

Then she pulls all the hanging files forward and places the locked box behind all of them.

"And your 'locked box' is safely stored at the back of your locked filing cabinet, meaning that your nasty memories are 'double locked' at the back of your mind. If you can train yourself to see these images, they will help you to deal with the bad memories. Sometimes you *will* have flashbacks, or bad dreams. I'm not going to lie to you and say that you won't. Even after you've worked through your feelings in therapy, you will. But if you're able to imagine locking up those thoughts when one escapes, it will help you regain a sense of control. You won't feel overwhelmed or frightened that the bad memories will always be there to haunt you, as if they're orange papers scattered among a pile of memories in a heap on the floor, like Ken's papers.

Suddenly I've gone right off the color orange.

Chapter Nine

Miss Tina lets us go after giving us "homework." She says that we've got to practice in our heads to *see* ourselves putting our bad memories in the black tin box. She says that as soon as we've worked through one memory or feeling, we can put it in the black tin box and turn the key, so that it's safely locked away.

I don't really know how to do it because I haven't worked through anything yet.

"What's wrong?" Miss Tina asks as we leave the Group Room.

I tell her what's on my mind.

"Oh, but Ruby, you *have* worked through some things. Think about what you told me last night about eating too much, and your decision that you don't need to eat so much anymore. Think about the guilt you worked through when you felt irritated with Ryan's constant crying."

"Oh yeah," I say, and with those two things in my mind, I head for my room and lie on my bed.

I shut my eyes and ignore the sound of the ocean beyond my window. I want to learn how to do this so that my bad memories won't keep coming back to haunt me.

I screw my eyes tightly shut and I can feel my jaw tense up. "My mind is like a filing cabinet. My mind is like a filing cabinet," I tell myself over and over. I force a picture to come into my head of a drawer with lots of hanging files in it. I deliberately label each one. The first is "Being at the lake." The second is "Aunt Sally's wedding." I remember all the good things we did before I was eleven, and then the word "eleven" makes my birthday pop into my head. I want to make it go away, but it sits there right in front of my mind and won't go. Right! I'm going to take charge of it. I take the memory by the corner, pretending that it's a piece of orange paper, and I fold it up and lift the lid to the black tin box that's buried deep within my mind. "You stay in there," I tell it, and I force my mind to see the key in my hand as I lock the bad memory away.

I practice some more and it becomes easier. Sometimes I feel as if I'm chasing Bella's crazy puppy around as I try to grab the bad memory before it gets away. I feel myself smile. I want to yell at it the same way Bella yells at her dog. "In your box!" she'd say. "Dang, that dog's a nightmare," and that's how it is, my memories are a nightmare.

I can't remember falling asleep but Erin wakes me. I splash my face with water to wash the sleep out of my eyes. I spend the rest of the day on the beach, wading in the cool waves and hunting for shells to make a necklace.

After dinner Erin says, "Miss Connie's here. Y'know, the lady that's going to talk to us about being the healthiest member of the family. Remember?"

Yes, I remember, of course I do, because I thought it was a crazy thing to say.

We all go into the Group Room and I sit between Erin and Sandy.

Miss Connie is sitting in Miss Tina's chair and she smiles at us.

"Come in," she says. "I hear we've got two new girls. Welcome."

Joelle and I mutter, "Thanks."

I feel a bit apprehensive, because I remember Miss Tina saying that Miss Connie had a sad story to tell, and I wonder what's happened. When everyone's quiet she starts talking.

"Today we're going to look at how it feels when you finally pluck up the courage to tell your mother what's been happening, but she doesn't believe you. We're going to look at why that is. We're going to look at what's going on in the family that can allow such awful things to happen."

Ryan glances at me and I smile bleakly at him.

"I know that Miss Tina talked to you about 'grooming' the other day. Remember, grooming is the deliberate act of gradually moving boundaries so that the victim will accept the abuse. The abuser will do anything to gain the trust of the child...you all know this and I'm not going over it again. You all know what your abusers did to 'keep you sweet' so that you wouldn't tell. One of the worst things, in my opinion, is how they embark on a 'smear campaign' with the sole purpose of discrediting you, so that even if you *do* tell, you won't be believed."

There's something awful in her face and I don't know what it is. Although she smiles at us, her eyes don't. She looks so sad.

"I know all about this, because it happened to me."

There's no sound in the room as we listen.

"I was lonely. I'd been divorced for several years when James came into my life, and I couldn't believe my luck. We met at a bookstore. I was in the 'self-help' section reading the back covers that told me 'how to beat loneliness and live.'

"'Does it work?' he asked me, and I laughed. He seemed so nice, so sweet and caring. I was scared though; I'd lost my confidence around men, and I left almost immediately. I thought about him for days and when I went back he was there again, browsing along the shelves. I didn't know it then, but I do now, that lots of men go to bookstores, not to read or buy books, but to meet women. He must have seen me coming...I mean, being in the 'self-help' section, *really*!"

She sounds so angry with herself.

"He asked me to go out to dinner, and I said, 'Yes.' It was stupid of me. I didn't know him at all, and yet I told myself that if he was into books, he must be okay."

She shakes her head as if she can't believe her stupidity.

"He was good, very good. He should've been on the stage or in the movies. He was so kind, and very quickly he made himself indispensable."

"What's indispensable?" a kid asks.

"Something you can't do without."

"Oh."

"I was working two jobs, trying to pay all the bills and pay for all the things my two daughters needed. He offered to baby-sit for free when I was working, and I took him up on his offer. He helped both of them with their homework and Daisy started getting straight A's; Amber improved her grades, too. I was so grateful to him because once I got home from work, helping them with their homework was tough. I was always so tired. I'd feel guilty when I didn't have enough energy to listen to them, or praise them, and I was glad when I heard him tell Daisy how special she was. I felt that he was filling in the gaps I left when I was too tired to be there for the girls.

"He started bringing groceries, things I couldn't afford, luxuries, things that made the girls' eyes light up. I felt so inadequate and yet grateful. He bought them new clothes, and although I told him that he was going too far, he said that he loved me and only wanted to help. So I backed down, because I could see that Daisy and Amber were happy; and I *was* grateful."

She looks at us and shakes her head.

"But something horrible started to happen in our house. The girls began to fight. They'd always gotten along with each other really well, and I couldn't understand what was happening. When I got home from work, James would tattle on Daisy, telling me that she'd done this and she'd done that. Once he said that she'd told him to 'F--- off.' I couldn't believe that my beautiful girl would say such a thing, but he insisted that she had, and Amber had heard her, too. I called her into the kitchen and tore into her. I grounded her for a month. She hated me, but I figured that I had to show her that she couldn't treat people that way. She began to act out, and Amber was angry with her all the time, especially when she could see that I was upset."

She takes a deep breath and carries on talking.

"Everything began to change. Despite having done everything myself before I met James, I grew more and more dependent upon him, and I know now that that was his intention. He paid for our groceries and brought luxuries that I knew the girls would miss if I were to ask him to leave. I felt trapped. I should have known." She shakes her head, "I should have known."

She looks as if she's about to cry.

"When I look back now, I can see all the classic signs of grooming; targeting someone with children to form a relationship with, someone who was struggling to keep up with the bills, someone who'd welcome some help. Then there was the gradual discrediting of one daughter and not the other, so that they'd fight and feel isolated from each other. He gradually made Daisy look so bad, that I was constantly angry with her. I was already exhausted from working so hard, and the trouble she caused at home made me even more exhausted. I didn't know how to deal with it. That's when James took over more and more, and I felt increasingly powerless. I felt that I wouldn't be able to manage without him, especially as Daisy's behavior became worse. I felt so lost that I couldn't see that it was James who was causing the problem. I'm not saying that Daisy didn't do all the things he accused her of, I'm sure she did. I think she became desperate not to be 'special,' that she'd act out to try to put him off."

I wince when she says the word, "special."

"I felt locked in a place where I could see my

daughter behaving really badly and so I felt I had to reprimand her—it's a mother's job—but I didn't realize that she was rebelling in order to distance herself from him."

"What happened?" Erin asks.

"It felt like a runaway train," Miss Connie says. She takes a swig of water from her glass, and I sense that she's nervous.

"Everything around me seemed to be crumbling, and when I couldn't cope, James took over even more. Daisy was mad at me and was openly hostile towards James. Amber was a mess trying to fix everything all the time, and she was angry at Daisy, and blamed her for making me cry. Looking back now, I should have seen it. He had us all isolated from each other, but I couldn't see it then. I should have told him to go, but he'd worked on me, too, making me believe that I couldn't manage without him, and at that time I felt so weak that I believed him."

She shrugs and I feel her hopelessness, and from the bleak expressions on the kids' faces, it looks as if everyone in the room feels the same.

"One evening I got home from work, and Daisy and James were screaming at each other. I slapped her. She called him a pervert and told me that he'd been touching her. I remember it clearly. I felt so shocked, and when James said, 'You're not going to believe that, surely? Can't you see that she's lying and trying to split us up?' I believed him. I really thought that's what she was trying to do."

She swallows hard.

"God forgive me, but he'd worked his way into my mind so much, telling me how bad Daisy was, and that she was saying ugly things about him because she didn't like him telling her what to do, that I thought she was doing just that. I didn't know about manipulation. I was naïve. I believed that all people had goodness inside them. I'd never come across anyone who would manipulate a child to get his own way. Every time he said something bad about Daisy, the evidence was there in front of me. She was hateful, and so I believed him over her."

She walks towards the window. We're deathly quiet. I see her wipe her eyes as she comes back to stand in front of the group.

"All I wanted to do was scoop her in my arms and tell her I loved her more than anything, but I couldn't because all the time James was going on about her behavior and telling me what I needed to do about it. Every time she told me that he'd touched her, he'd be outraged and say that she was lying. He made me feel stupid and said, 'Can't you see what she's doing?' She was so angry and out of control. I shouted at her for cussing at James after all he'd done for us."

Miss Connie looks ashen, and her voice shakes.

"She was telling the truth and I didn't believe

her. James had manipulated me so much that all I saw was her rudeness, and so I grounded her. And as I grounded her, and made her stay in, I put her in more danger. I didn't know. I'd give anything to change it, but I can't."

"How did she stop him?" Bradley asks.

Miss Connie swallows hard.

"She didn't. He killed her. Oh, I don't think he meant to, he was just trying to stifle her screams, but she tried to fight back and I guess he pressed too hard."

I've got goose bumps on my arms and I feel sick.

"I got home one evening and she'd gone. James said they'd had a fight and she'd walked out. When it got late I called the police. I don't know how I got through the next week. But the sickest thing was that James was so supportive. He even pleaded on the local TV channel for Daisy to come home."

"How did he get caught?" Ryan asks.

"Amber came to me and said that James had once tried to kiss her. I'll never forget that day for as long as I live. There was my girl sitting in front of me, not yelling or screaming as Daisy had. She was calm and quiet, and the moment I looked into her face I knew that she was telling the truth. She said, 'Mom, James has got scratches on his neck. Where did he get them from?'

"I felt so sick. I wanted to die. I couldn't face

him. I didn't feel strong enough, and as I sat there reeling with shock, Amber picked up the phone and dialed 911."

She takes another sip of water.

"I'll never forget what he said when the police arrested him. He turned and looked me straight in the eye, and said, 'How could you, after all I've done for you?' Isn't that sick?

"They found Daisy's body dumped in the woods, and the forensic people found traces of his blood under her fingernails, where she'd tried to fight him off. He's serving life." She stops talking for a moment and we're quiet. I want to cry.

"I failed her. I don't know what else to say, because it's the truth." She blows her nose. "I lost my beautiful girl because I didn't believe her."

She walks over to the flipchart and writes, "How can this happen?"

"Miss Tina told you that the victim of incest is the most emotionally healthy person in the family, and it's true. The victim strives to understand, to come to terms with what's happened and to move on. That takes a great deal of courage. Okay, it's obvious that the abuser is emotionally sick, but what about the other members of the family? What part do they play in the deceit and denial that allows sexual abuse to continue?"

We look at each other. I shrug and so do several other kids.

"Let's look at my situation first before you look at your own," she says.

Good. My mind's just gone blank.

"What was it about me that allowed James, a sexual predator, into my life? These things don't just happen. To understand myself I had to look back at my childhood to see how my personality developed. Kids do what they have to in order to survive in their family. For the most part that just means adapting to what your parents expect of you—you'll do well at school and turn out fine. But in dysfunctional families those kids have to adapt in a more serious way. There was no incest in my family, but my father was a bully, and I learned when I was a tiny child to be very quiet so that I wouldn't anger him."

She sits down in front of us.

"Y'know, every family has rules and there are two types of rules—those that are said out loud and those that are hidden. The rules that are said out loud are easy to spot. 'Make your bed, do your homework, help Mom in the kitchen, always be polite and don't talk back.' But the hidden rules are harder to spot, but they are there, nevertheless. No one *told* me that I had to be very quiet around my dad, I just *knew* it. I watched my mom's facial expressions, and Dad's, and I knew that he expected her to be quiet around him, too. As I grew up I learned our family's hidden rules...I couldn't ask for what I wanted, and women were weak and passive around men. What men said, went. They were in charge. Can you see where I'm heading?"

A few kids say, "Yes," but I'm still listening, trying to keep up.

"When I graduated and went to college, anyone looking at me would have seen an adult, but I wasn't thinking straight. My thinking was bent by my family's hidden rules. I had believed for so long that women should obey men, and that my needs didn't matter at all, that nothing my friends did to try to change my attitude made any difference. They saw themselves as equal to men and felt okay about getting their needs met. At the time I thought they were a bit weird—nice, but weird—and it didn't occur to me that their thinking would be bent by their own family's hidden rules, rules that were different from mine, but hidden nevertheless. Now I'm older and have learned, I look back and realize that some of their hidden rules were, 'Succeed at all costs, never mind who you tread on to get there,' 'Failure is for dummies,' 'Don't let your parents down after all the money they've spent on your education.'"

I look at her and my heart feels full. Moments ago she was telling us how an evil man had killed her daughter, and now she's trying to teach us about ourselves. I listen hard.

"Can you see that my bent way of thinking

shaped my behaviors? When I looked for a man to build a relationship with, I chose one that would take charge, one that would make the decisions, just as my dad had. I felt *at home* with it. It didn't occur to me to find a man who would consider me equal to him, because that would've felt alien to me, and I'd have felt uncomfortable with it. That's what hidden family rules do to you. You're not really aware of them, but they're there, and if you try to break away from them, it can make you feel really anxious."

She points to the flipchart that says, "How can this happen?"

"So you can see that without me being aware of it, I was ignoring good guys but watching out for a guy who fit in with my family's hidden rules...one who needed a passive woman, and one who needed to be in charge. It's a very weird thing, but human beings can hone in on the type of partner that will mesh with their family's hidden rules, without even being aware of it. Humans say so much more when they don't actually *say* anything. It's no surprise to me when I look back that James was hovering around the self-help aisle in the bookstore. He wanted to meet someone who would need him, someone he could control, and that someone was me. Can you see how it could happen, now?"

I nod and so do most of the others.

"Okay, think about what the hidden rules in your

family are and share them with the person next to you."

I turn towards Erin.

"You go first," she says.

"Um...let me think. I knew that Dad loved me more than my sister."

She raises an eyebrow. "He told you that?"

"No, silly. Miss Connie asked us to think about the hidden rules, the ones that weren't said out loud but that you *knew* anyway."

"Think of some more."

I wrack my brains and slowly something slides into my mind. "Don't make Dad angry because he's mean when he's mad." I remember him going crazy when Ryan had spilled grape juice on his white leather sofa. My stomach churns. Is that why I didn't stop him from touching me, because I *knew* that he'd be mean to me if I made him mad? Did I prefer to be abused than deal with his anger? Yes, I think I did. I watched him pick on Ryan every day and I didn't want that to happen to me.

"More," Erin says.

I'm having trouble thinking straight. I think about Mom and how she loved the good life. It was the only thing she cared about, and after Dad was jailed she constantly reminded me that, thanks to me, we lost everything.

"Um, 'Don't let anyone know what's going on at home. Put on a front and make people think we have the perfect life.' That was one of Mom's hidden rules. What about you? You say some."

I've had enough. This is hard.

She taps her head as if it'll make her think better.

"A hidden rule from my dad was, 'Girls should always be pretty and girlie.' And another was, 'Smile and you'll get your own way.' And hidden rules from my mom were..."

She seems to dry up, but then something flashes across her face, as if she's just worked something out for the first time.

"A hidden rule from my mom was, 'Don't be prettier than me, and stay away from my man.' She was always trying to get me into trouble with my dad so that he'd tell me off and then I couldn't spend time with him. Oh, this is too heavy."

Miss Connie calls out and we stop talking.

"Bradley, I hear you're good with a pen," she says, smiling as he leaves his chair, takes the marker and stands in front of the flipchart waiting to write down our comments.

"Okay, call out some of your family's hidden rules, one by one."

Ryan starts, and my heart races. One of his is the same as mine.

"Don't make Dad angry because he's mean when he's mad."

He glances over at me and smiles. I smile back. It dawns on me that although we were all like little boats set adrift on the ocean in our family, we each picked up Dad's hidden rule. I wonder whether Rachel did, too. Is that why she was always so angry with me? Was she scared that Ryan or I would make Dad mad? I don't know.

A new hidden rule pops into my head and, before I can stop myself, I blurt out.

"I think another of my dad's hidden rules could have been, 'Be strong for me.'"

"Say a little more about that," Miss Connie says.

I wish I'd kept my mouth shut, but I try to explain. "Well, I agree with Ryan about making Dad mad...he *was* mean when he was mad, so I was always careful to please him. But after my eleventh birthday, when it, you know, all started happening, I *knew* that if I told, he'd be taken away. He didn't want that, and neither did I. I think he needed me to be strong for him, to not say anything. Does that make sense?"

Ryan beams at me. "It does to me," he says.

Miss Connie nods. "Y'know, it's very common for the hidden rules to be driven by the adults' need for their children to protect them or take care of them. It happens all the time in families that have lots of hidden rules. It's tough, isn't it? When we're little kids, we think our parents are like gods. They're supposed to know everything, and we believe they do. It's tough to find out that their thinking can be 'bent' because they're driven by their own family's hidden rules, too."

Sandy calls out, "My family's hidden rules are, 'Anger is forbidden; you can only cry instead.'"

"Don't say 'no' to me," Pansy says.

Erin says, "'Don't be prettier than my mother or you'll get hurt. Stay away from my man.' That hurt me so badly. He's my dad! What's her problem?"

"She's scared," Miss Connie says. "She's insecure and frightened that you'll take all his attention and there won't be any left for her."

"That's heavy, and it's not fair."

"No, it's not. You're right. But grown ups were kids once and they were subjected to their family's hidden rules, too. So don't blame them. Try and see this as a learning experience, one where you can get rid of any blame merely by understanding why your parents behave the way they do. Try and see it as if *you* are the one who finally stops the hidden rules in your family that dictate how you all behave. You can learn to move on, and hopefully your family will see a change in you and want to be a part of it. Remember, you can't change anyone else, you can only change yourself and hope that others will react differently towards you."

She stands up and tears off the sheets of paper that Bradley's been writing on, and they stick them to the wall. "It's an awesome task, but you can do it if you try to understand what's happened to you, and why. This is why we say that the victims of sexual abuse are the most emotionally healthy person in their family, because victims need answers and seek them."

I feel blown away. I've watched this lady bare her heart to us, and blame herself for the death of her daughter, and then she's opened up my thinking so that I can begin to understand why the things happened in our family. If I believe that each family has hidden rules that every person feels coerced into following by the letter, then how can I blame myself or anyone else for what has happened in our family? If Miss Connie is right, then the reason my mom and dad got together was beyond a simple choice. Their behavior towards each other made them feel *at home* and that's why they got married. I hate it, but it makes sense. I suddenly feel afraid. I really want to form a relationship with someone in the future when I'm older, but I'm scared that I'll follow my family's hidden rules and seek a man that will hurt me or try to control me. I think I might just become a nun.

I say how I'm feeling and Miss Connie says, "Ah, but now that you know about your family's hidden rules, you can break free from them."

"So I'm not destined to meet a man who's going to abuse me?" I ask.

"Absolutely not," she says, smiling at me.

We get up noisily, and I walk over to Miss Connie. I don't know what makes me say it, but I ask her if I can have a hug.

Chapter Ten

I lie in bed, thinking about Miss Connie and everything she's told us, and I wonder whether Mom feels any kind of remorse for having called me a liar. Miss Connie looked so sad as she told us about her daughter. I can't imagine how she can cope with her guilt. I vow that if I ever have a little girl, I'll believe her if she ever tells me someone's touched her.

During the night I wake up screaming as Jerry creeps into my dreams. My heart races and I sit on the edge of my bed. As my heart begins to slow, I remember what Miss Tina said about flashbacks, so I pretend that the dream is like her orange sheets of paper. I close my eyes and *see* the black tin box at the back of my mind. I find my key and clench my fist around it, feeling its sharp edges pressing into my skin. Then I *see* the lid of the box open and I fold the nightmare up like the orange sheets of paper, and lock it away in the tin box. It's safe and can't get out.

I put my key back, nestle down underneath the covers, and don't wake until morning.

After breakfast Miss Tina asks me to go with her. She tells me that I've got a visitor. I follow her into the guest room and instantly my heart races. Rachel's sitting there, looking scared.

"Hello, Rachel," Miss Tina says, and shakes her hand politely. She tells me to sit down.

I'm so glad that Miss Tina's in the room. I don't know what to say to my sister, but it twists my heart when she starts to cry.

"Ruby, I'm really sorry for the way I treated you."

Part of me feels sarcastic and I resist saying, "Which occasion are you talking about?"

She cries really hard and I start to feel sick. What's happened to bring about her change of heart?

"I tried really hard not to believe you, and I'm sorry, but I do now. Jerry tried to kiss me yesterday. It was gross and he scared me."

The things Miss Connie told us about her two girls come into my mind. I'm glad I'm here at Beach Haven and not dead, and I'm glad my sister's speaking out.

I resist saying, "So now you know how I feel," because she looks so awful.

I don't know what to say except, "He scared me, too."

Rachel's crying so badly that Miss Tina puts her arm around her and croons in her ear, telling her it'll be all right. When she finally stops, Miss Tina hands her a box of tissues. She blows her nose and wipes her eyes.

"I just feel so bad," she cries. "All that time you were telling the truth and Mom didn't believe you, and I didn't want to."

Something happens in her face when she says, "Mom." She looks straight at me. "She didn't believe me either. I can't believe it. I feel cheated. All this time she's led me to believe that I was special to her because I didn't cause any *trouble*. And yet when I tell her the truth, she treats me like she treated you. Sorry, I didn't mean that how it sounded."

It sounded like being associated with me was like being touched by something vile, and it occurs to me that that's probably how Rachel's felt for the past four years. I can't be mad though. As I sit here trying to take in what's happening in our house now that I've gone, I remember Miss Connie's words. "Kids do what they have to in order to survive in their family." Rachel obviously needed to believe that I was lying in order to survive in our family. Why, I don't know; it's all too deep.

Miss Tina says what I'm thinking but makes it clearer.

"It sounds like you did everything you could to please your mother, even ignore the nagging truth, and you expected her to treat you well for it. It sounds like you felt betrayed when you told your mother the truth."

She starts crying again and sobs, "I feel so bad for being hateful towards you, Ruby. I was scared that everything would change when you told about Dad. I watched Mom be hateful towards you, and I was so miserable when our family fell apart that I sided with her. I'm sorry, I really am. And yes, I do feel betrayed," she adds, looking at Miss Tina.

She cries again. It's as if she's never cried before and has held all her pain inside, because she cries and cries. My heart hurts. I want to help her. I can't bear to see her cry because her pain is linked to mine and it makes me feel bad.

Eventually Rachel stops. Miss Tina asks her how she feels about Dad. "I knew he loved Ruby more than me. That was obvious."

I speak out. "No, he didn't. He just knew that he could manipulate me more than you."

"Oh."

"Don't you think I've questioned myself over and over as to why that was? Why was I such a push over and you weren't? How come I couldn't keep myself safe, and you could? I felt stupid, and I felt like I deserved to be abused, like I'd asked for it in some way."

She leans forward and there's something awful on her face; it's twisted and she looks as if she's in agony.

"Don't you realize," she says, "that I thought there was something wrong with *me*? Why did he choose you to abuse and not me? I felt like he didn't think I was as pretty as you. I *envied* you, and I know how sick that sounds."

She looks away at a spot on the wall.

Silence hangs between us, and Miss Tina comes to our rescue.

"It's not sick, not at all. It's a normal reaction to the warped dynamics in your family. Your dad, and any other abuser, set out to alienate every family member from each other. Abusers are very clever at it. He set out to make you envious of Ruby, to make you hate her. It's normal for your thoughts to get screwed up in the 'grooming' process. It's not your fault. You are a victim as well, a victim of manipulation and emotional neglect. And even though you were kissed by Jerry instead of being raped, it's still a violation against you."

Rachel looks at Miss Tina and gives her a bleak smile, one that says, "Thanks for throwing me a lifeline...I'm drowning here."

"So what happened at home?" Miss Tina asks.

"I went straight to our school counselor and told her what Jerry did to me, because I knew then that Ruby had been telling the truth. Then Marge came to our house and took me out of there. Mom went crazy and said that I was no better than my sister..."

I wince, but I'm not offended because I notice that she does, too.

"And?" Miss Tina asks.

"She said all kinds of stuff that hurt." She looks at me. "Ruby, I don't think Mom *gets it*." And then she looks at Miss Tina and says, "How can she refuse to believe something that's under her nose? We can't all be lying. She's not stupid, so why won't she believe us?"

Miss Tina gives a sad smile and says, "People deny the truth for many reasons. Maybe she was abused as a child and sees it as a 'normal' thing to do in a family...heaven forbid. Maybe she believes that kids tell lies to get attention. Maybe she's the type of woman who needs to have a man at all costs and is scared to be alone. Maybe she doesn't want to face the truth that there's something wrong with her for choosing men who are pedophiles. I don't know why she won't believe you, but I know that all three of you must feel very betrayed."

Rachel nods and so do I. When she mentions the three of us, I get all excited and ask to go to the bathroom. I race down the hall to find Ryan.

"What's the matter?" he says, as I tug at his arm and tell him to come with me. "Where are we going?"

I push him into the guest room and he gasps.

Rachel rushes over to him and hugs him. She's crying again and says she's sorry over and over for not believing him.

He pushes her away in the end, but gently, and says, "It's okay. You haven't got anything to be sorry about. You didn't do anything."

"That's just it; I didn't *do* anything."

Miss Tina rescues her. "Rachel, listen to me. You were a child. You didn't know it was going on because your father isolated you all. It wasn't your responsibility to do something about it, even if you did know what was happening."

"But Ruby did something about it, and she paid for it, too."

She sits back down in her chair and says, "I feel so bad for being so hateful towards you, Ruby. Can you forgive me?"

It feels really strange to be in the same room as Rachel and not have to suffer her attacks on me, and I like it. I never asked for any of this to happen and neither did she. We used to play together all the time when we were little, and I hated it when she stopped liking me.

"Of course." I hug her and then *I* want to cry.

There's a knock on the door and Marge pokes her head in. I let go of Rachel and go to give her a hug, too. I'm pleased to see her.

"Ruby, sweetheart, how are you? And look,

there's Ryan, my little surprise."

Rachel looks confused. Marge sits down, and suddenly it's like we're in group.

"So what's going to happen now?" Miss Tina asks Marge.

"Well, so much depends upon Mom. Naturally the kids can't go home if Jerry's still there. The bottom line is that she has to choose between him and the kids."

"She'll choose Jerry," I say.

I see something bleak on Rachel's face and I shrug. I'm sorry to be so blunt, but I just know that's what she'll do. I think about what Miss Tina's just said about why people can't accept the truth that's staring them in the face, and I think Mom's the type of woman who has to have a man no matter what it costs her. I swear that when I grow up, I am *not* going to be like her.

"Well, if she does, then you can't go home. We'll have to find you a foster home."

Rachel starts to cry again, but Ryan and I don't. I guess for us it doesn't feel so bad to be out of our home.

"Rachel's going to stay with me for a few days until we know what your mother's going to do. It'll be okay, honey, try not to worry."

It seems weird to me that the eldest kid in our family seems to be the weakest, and as the thought pops into my head, I'm aware that the strongest kid in our family is the youngest. I guess I'm somewhere in the middle.

Rachel cries. "How can Mom be this way? I thought parents were supposed to take care of you and keep you safe. What's wrong with her? Why won't she believe us, and choose us over Jerry?"

"Well, my love, in an ideal world, children should be cared for by their parents in a loving family, and parents should be watchful in order to keep the children safe," Miss Tina says. "Think about it as if it were a story. Imagine the family as a flowerpot. The Head Gardener gives his apprentice gardeners, parents, a seed to plant in their flowerpot. He does this at random. He hands out seeds and sees them as all the same. Each has the chance of life, to flower, if his gardeners take care of their flowerpots.

"Months go by as the seedlings grow. If the apprentice gardeners do a good job, the flowerpots are nurturing and the seedlings grow, free from disease or neglect. But sometimes life in the flowerpots can be precarious and scary. What if other things begin to grow in the flowerpots, like weeds or thistles that sting and prickle? The seedlings may be stifled or choked by them. They won't have the opportunity to grow unless the gardeners pull the weeds out and allow their seedlings to grow towards the light.

"But sometimes the gardeners can't be bothered to take care of their flowerpots, or sometimes they are so busy that they fail to see that their flowerpots have become choked with weeds that threaten the life of their growing seedlings. But the Head Gardener intended that the seedlings should flower, so they have to force their way through the weeds and thistles towards the sun. They have to beat all the nasty things in the flowerpots and flower as they're meant to."

She smiles at us.

"Y'know, you three are those seedlings. The Head Gardener put you in that particular flowerpot, and no one knows why. But you *will* flower. You are all beautiful and are the people that God intended you to be. Don't let the weeds and nasty thistles in your flowerpot stifle your growth. Reach for the sun despite them.

"The flowerpot should be the place where you grow from nothing into something wonderful, but weeds grow there, too, and they strive to live, just as you do. I'm so sorry that they landed in your flowerpot and tried to stop you from reaching the sun. But y'know, no matter who or what's in your flowerpot, you have life inside of you, and that life is determined to reach the light, no matter how many weeds try to choke you. Fight! Fight to be healthy so that you can flower."

Rachel looks shocked at Miss Tina's story, but we're not.

Ryan smiles and says, "I like that; it makes

sense. We're the three seedlings in our flowerpot. Mom and Dad should have been the apprentice gardeners, watching over us so that we were safe, but Dad was a weed."

"So was Jerry," I say. "And it makes you wonder whether Mom was a weed, too."

Miss Tina says, "Y'know, the betrayal of sexual abuse is like being left in the flowerpot to grow on your own, to fight your way through all the weeds and thistles with no apprentice gardeners to watch and make sure that you flower and don't get choked. I'm so sad that your flowerpot was choked with weeds and thistles, but we're your gardeners now, and we're going to make sure that you're transplanted into a flowerpot that's cleared of any weeds or thistles, so that you can all flower as the Head Gardener intended."

I smile and so does Ryan, but Rachel can only manage a bleak one, without conviction. She looks shocked and lost. I feel sorry for her, and all the anger I've felt towards her throughout the last four years disappears.

Marge tells Rachel that it's time to go, and so we hug each other and say goodbye. I feel sorry for her because Ryan and I are safe here at Beach Haven, but she doesn't know what's going to happen to her. Marge tells Miss Tina that she'll let her know Mom's decision, whether she chooses Jerry or us kids. I know the answer already.

"Where have you been?" Erin asks.

I tell her how different my sister was, and that she told me she was jealous of me.

"Y'know, it's weird. My sister was jealous of me, too. It's warped, isn't it? Who would be jealous of someone who's being sexually abused?"

"I guess it's the attention you're getting and they're not," I say, shrugging, finding it difficult to understand, too.

We head towards the Group Room. Miss Connie is there and I'm pleased. I like her; she knows what pain is.

"Settle down, settle down," she says over our chatter, and when we're quiet she says, "There are three things you have to do to come to terms with having been sexually abused."

She walks over to the flipchart and writes the words, "Lose it, Loss and Liberate," under each other.

"The first thing you have to do is to allow yourself to be really angry with your abuser. Then you have to grieve for the loss of your innocence and your childhood, and all the other things you may have lost. And lastly you have to find a way that's meaningful to you to let go of it all, to free yourself, so that you can move on and not let it ruin your life."

"Today we're going to work through the first thing—anger at your aggressor—by using a method called 'Psychodrama.' It's like role-playing and it's a powerful way to work through the issues you have. Often kids who've been abused find it really hard to get mad at their abuser, especially if it's their dad. There are several reasons for this; it's hard to be mad at someone who repeatedly says that you're 'special.' Most kids are taught that they should respect their parents, so being angry with them feels 'wrong' somehow. Then, through the grooming process, your abuser has whittled away your self-esteem and ability to be able to stand up for yourself."

She looks at me and says, "Ruby, come here."

I don't know what's going to happen, but I walk towards her.

"Okay," she says. "Today you're going to tell your abuser what you feel."

"I am?"

"Yes, you're going to tell your dad how you feel. Now, what you have to do is to pick someone to play the part of your dad. Who do you want?"

I'm confused, and I don't know what's going to happen, but I answer her.

"Bradley."

Bradley gets out of his chair and comes to stand next to me. I remember that he's good at writing and doesn't mind being out in front of all the kids. He grins at me.

Miss Tina slips into the room and sits down.

"Okay, this is how it works," Miss Connie says. "Bradley is going to be Ruby's dad, and Ruby is going to tell him how she feels. Miss Tina is going to 'shadow' Bradley and I'm going to 'shadow' Ruby."

All the kids look blank; none of us knows what's going on, and I feel really embarrassed standing in front of all these kids. I feel fat and self-conscious.

Miss Tina stands up and whispers something in Bradley's ear. Miss Connie whispers in mine.

"Tell him how angry you are that he hurt you."

My heart's racing. I'm not sure if I can do this, but she urges me on.

I stand in front of Bradley, my stomach churning, and Miss Connie whispers in my ear again. "Go on, tell him how angry you are."

My voice is croaky. "I'm mad at you for molesting me," I say without conviction.

Miss Connie stands behind me and whispers, "Go on, tell him how you *really* feel."

I can't. This is stupid, but because everyone is looking at me I try again, raising my voice as high as I can.

"I'M MAD AT YOU FOR MOLESTING ME."

Miss Tina whispers into Bradley's ear, and I can't hear what they're saying. I feel scared.

He says, "What're you talking about? I didn't do anything other than be a good dad to you."

My heart starts to race. What? He didn't *do* anything? Of course he did. After my eleventh birthday he made my life a living hell. And even though he was a good dad in some ways—like giving us a good life with vacations and everything we wanted—he was rotten.

I'm scared, but Miss Connie whispers in my ear, so I speak out; I speak to my dad.

"No, you're not a good dad. You hurt me," I say as if I'm a piece of wood. "I loved you so much before I was eleven, but on my birthday everything changed. You hurt me. You...you made me scared. You made me feel dirty."

Miss Connie says, "Come on, Ruby, you've got to 'lose it.' Get angry!"

But I can't. Something stops me. I just can't allow myself to be angry with him.

Miss Tina whispers in Bradley's ear and he sneers at me, "No one believed you, Ruby, did they? You're a liar."

I can feel my face flush and my heart starts pounding. I shake my head. "No, I'm not."

Miss Tina whispers, and he says, "I'm in jail because of you, and we lost our house because of you."

I'm sweating, and I feel faint. My teeth are clenched. How dare he say that?

"No, you're in jail because you raped Ryan," I bite back, and as the thought of Ryan flashes into my head, I explode.

The noise that fills the room comes from me.

Bradley doesn't look like himself anymore. All I see is my dad standing in front of me, denying what he did and blaming me for everything. I feel as if something has taken over my body, and I'm so mad that I can't stop myself from lashing out. Miss Tina and Miss Cassie step in front of Bradley and hold up two huge cushions. I beat them over and over and scream at my dad. And all the time I see Ryan lying, broken, and in agony on the bathroom floor in my mind, I scream and pound the cushions. I have no concept of time and I feel consumed by a fire that's raging inside me. I don't know how it stops, but one minute I'm screaming at my dad and venting myself, and the next minute I'm on the floor, sobbing with my head in my hands.

I feel Miss Connie put her arms around me. I forget that anyone else is in the room as I lay my head on her shoulder and let her rub my back. She croons in my ear saying that it'll be okay.

Gradually I become aware of the other kids in the room, and a wave of embarrassment washes over me, but as I stand up, everyone cheers and claps.

"Go Ruby!" they call.

I smile and Ryan comes over and hugs me. The girls hug me, too, and tell me that I was brilliant and so brave.

I sit down and wait for my heart to stop racing.

"How d'you feel?" Miss Connie asks.

"Exhausted, but great." And I do. Something weird has happened to me.

Mom used to have a pressure cooker. Sometimes, when we were at the cabin in the winter, she'd make a stew, and I was fascinated to watch a jet of steam shoot into the air from a tiny hole in the pan's lid. Mom would put "weights" over the hole, and I'd watch them jiggle about as the pressure built inside the pan as it cooked our stew. Then she'd put the cooker under a cold tap, and steam would billow into the air. She'd warn me that we couldn't open the pan yet because we had to wait until it stopped hissing. As she removed the weights, steam shot up to the ceiling, but gradually it petered out, and then she could take the lid off and there was our stew, cooked in minutes.

I feel as if someone has just taken the "weights" off me and I've released all the pressure inside me, pressure that I didn't realize was there. I feel blown away, but there's a nagging doubt in my mind.

"What?" Miss Tina asks, reading my face.

"Well, I don't get it," I say. "No matter what Miss Connie whispered in my ear, and what Bradley said to me, I couldn't get really angry. It was only when I thought of Ryan that something flipped inside me, and then I got *really* angry."

"We noticed," Bradley says, laughing.

I smile at him, but then turn back to Miss Tina.

"Why couldn't I get angry for myself, but I could for Ryan?"

"That's a very good question," she says. "There are two reasons. The first is that most kids are raised to respect their parents, and getting angry with them doesn't feel right somehow, but the other reason is more important. The abuser has worked hard to 'groom' you. In doing so he or she has whittled away your self-esteem, so that you don't believe you are worth anything. They work hard to make you believe that you 'asked for it,' and therefore, who are you to complain or get angry? It's all lies. You didn't ask for any of it to happen. You are worth everything, and you have a right to complain and get angry."

Miss Connie says, "That's right, Ruby, it's good to know that so you understand what's going on inside your mind, but the bottom line is that the first step to recovering from sexual abuse is to actually feel outrage and to 'lose it.' It doesn't matter if the trigger was your dad's abuse towards you, or his abuse towards Ryan, the most important thing is that you've let your anger out." She smiles at me and says, "And you did a *really* good job, too."

I grin.

Later that night, when I'm snuggled under the covers listening to the ocean, I think about Rachel's visit and Miss Tina's little story about the family being like a flowerpot. I think about the Head

Gardener, who has to be God. Why was my seed planted in that particular flowerpot? I don't know the answer, but if God is so powerful, then there has to be an answer, even if I can't see it now.

I hate to think about both my parents being weeds, growing in our flowerpot, choking us. If they were weeds, that means that there weren't any apprentice gardeners taking care of our flowerpot...and that's what it feels like. We were abandoned in our flowerpot, left to fend for ourselves, with no one to care whether or not we flowered. What was it Miss Tina called that? Yes, I remember...betrayal.

My thoughts make me feel horrible, and I vow that if I'm ever a "gardener" I'll care for my seedlings, so that they grow into beautiful flowers. I'll get rid of any weeds or thistles in *my* flowerpot. If ever I find any, I'll pull them out as soon as I notice them. I'll throw them on the compost heap. That's where they belong.

It all seems black and white to me...simple. My mom has a choice to make. Will she be a good apprentice gardener and rid our flowerpot of weeds, or will she prove to be a weed herself, leaving her three seedlings to choke and die?

I feel helpless as I toss and turn. It's Mom's choice and I feel weighed down, buried and suffocated, because I *know* what Mom will choose. She's unable to see how beautiful her three seedlings are because she's a weed herself. I cry myself to sleep.

Chapter Eleven

The next morning, as we go into the Group Room, Miss Tina and Miss Connie are chatting. When we sit down Miss Tina walks over to the flipchart and turns the pages back to the words she wrote yesterday, "Lose it, Loss and Liberate."

"Well, Ruby, you did a spectacular job of losing it yesterday. You allowed yourself to get really angry with your abuser. It's *so* therapeutic to get angry and to express it safely.

"Y'know, many people who have been sexually abused, and who can't allow themselves to become angry with their abuser, grow into adults who are unable to express anger, or to say 'No' to others. They also can have trouble setting limits. People who have been sexually abused, who are unable to express their anger towards their abuser, often end up being exploited or used by other people.

"They sometimes subconsciously seek other people who will abuse them in some way, or they will sabotage their lives so that they remain a victim. They may choose partners who are unable to love or be close to other people, and believe that if they can love them hard enough the partner will eventually love them back. Without being aware of it, victims of sexual abuse sometimes recreate the original abusive situation in the hopes of changing the outcome. But what really happens is that the outcome remains the same...the victim remains a victim.

"This is why it's *so* important to work through the three stages of recovery so that you don't end up being that type of adult."

As I listen to her I'm determined that I'm not going to be a victim anymore, and I'm certainly not going to allow myself to grow up into a person like Miss Tina's describing. No way!

"Expressing your anger towards the person who has abused you is empowering," she says. "And if you can let your anger out safely, accept that none of it was your fault in any way, you won't grow into the type of adult that remains a victim."

Miss Connie takes over. "Once you've 'lost it' and let all your anger out, it's time to move on to the next stage of recovery—to allow yourself to experience loss. It's every child's right to be a child, to be innocent and to feel safe. It's every child's right to play and have fun, but children who have been sexually abused have been robbed of these rights, and they need to grieve for their lost childhood."

I glance at Ryan and catch his eye. He looks sad but smiles at me.

"It's tough for the abused child to grieve, though, because during the grooming process they've distanced themselves from *all* their feelings in order to survive the pain of betrayal. Grieving means getting in touch with the pain and that's tough, but you have to *feel* it in order to come out the other side and move on."

"How d'you do it then?" Sandy asks.

"I'm scared to allow myself to cry," Joelle says. "I'm scared that if I start, I might not be able to stop."

"Crying is very therapeutic. When you cry, your brain produces chemicals that make you feel better," Miss Tina says.

Sandy speaks out. "I think I can get angry with my abuser; that's the easy part for me, but I don't know if I could allow myself to grieve and cry really hard. It's scary. There's something inside me that tries to stay in control."

Several of the kids agree with her.

"I understand," Miss Tina says. "Think about it, you've had to stay in control for a very long time. But there is a way to allow yourself to grieve. When you 'lose it' you strip away that control and you will automatically tap into the grief you feel."

I glance around at the kids, wondering what she means.

"Ruby, when you 'lost it' yesterday, you automatically began to sob. What was happening inside you at that time?"

It dawns on me what she's saying.

"To start with I was *so* mad, but then something happened. I couldn't get the images out of my head of Ryan lying on the bathroom floor. It's been in my head constantly for the last two years and it horrifies me. I wished I was older because then I could have made him feel better."

Ryan shakes his head at me. "Stop it, Ruby. I told you already. You saved me." Tears begin to slide down my face and I'm irritated with myself.

Miss Tina says, "Ruby, you wished that you were older so that you could save your brother, right?"

I nod miserably.

"You have discovered the key to being able to allow yourself to grieve."

"How?"

Everyone's quiet.

"You are able to feel grief when you think of your brother and the pain he went through because it taps into the grownup, caring part of your personality; the part that takes responsibility for another person. But you're having trouble showing yourself the same compassion. Come here."

I stand up, even though I don't want to. I'm scared, but I walk over to her.

"I want you to stand here and shut your eyes." I pinch my eyes shut and wonder what she's going to do.

She carries on talking. "Standing next to you is yourself at the age you were before your father abused you. See yourself. See what you're wearing; see yourself before you were hurt and before you were afraid. Can you see little Ruby? She's so beautiful. She's innocent—a small child who still believes in Santa Claus and fairies living in the back yard. See her smiling at you."

I feel myself smile, as an image of how I used to look before my eleventh birthday slides into my mind. I imagine myself standing dressed in winter clothes, ready to play in the snow outside the cabin by the lake. I imagine my excitement, and I can feel my heart begin to race. I know I'm fifteen and grown and something weird is going on inside my head. I feel tall and big, yet I can *see* the little Ruby standing next to me.

My eyes are tightly shut as I listen to Miss Tina's voice. She speaks again. "Now, see little Ruby after she's been abused. The happy, innocent little Ruby is fading away from you. Grab her. Don't let her go. She needs you."

Something awful happens. I feel as if there's

a python living in my guts, one that writhes this way and that. As I *see* the look of betrayal on little Ruby's face and watch her fade away in my mind, I feel faint, and a huge sob escapes my throat.

I hear an awful wailing, and I'm only vaguely aware that it's coming from me. Although the ringing in my ears and the rasping in my throat take me away from the room to a place where there's only pain, I'm aware of Miss Tina's and Miss Connie's arms around me. It feels as if my cries come from way down deep within me, and I don't sound like me at all. I sound like a wild animal caught in a trap, lost to its family, destined to die a painful, lonely death.

Yet that's not going to happen to me; something inside me won't let it happen. I feel strength flow into me as I feel the arms holding me.

"Grab little Ruby," Miss Tina says. "Hold her."

She stuffs a cushion into my arms and I hug it as if it's the core of me. I rock to and fro and gradually my heart begins to slow and my sobbing ebbs away. I grab hold of the cushion as if my life depends upon it. I imagine that its form is me as I was before my eleventh birthday, and I hug it and bury my face into it, crying. It occurs to me that if the cushion *was* me as a small child, and I was its mother, I'd take care of it. I'd protect it; I wouldn't let anything happen to it. Something strange is happening to me...I start to feel strong. I'm not going to let anything happen to little Ruby. I'm going to protect her. I hug the cushion even harder.

My breathing slows and gradually I'm aware of the sounds in the room. Even though I've just opened my heart and shown everyone the pain that lives there, I don't feel embarrassed. I open my eyes and blink away the images floating in front of me. Everything comes into focus. I look at Ryan and there's something wonderful in his face that soothes my soul. He gets out of his chair, comes over to me, and bends down to hug me.

I smile through my tears and he looks into my face. "Ruby..." he says, leaving his sentence unfinished.

I feel Miss Tina's and Miss Connie's arms fall away from me, and I allow Ryan to hold me as I hold him back.

"Ruby," he says, "you're amazing. I was here for three months before I could do that. You're an awesome sister."

Miss Connie hands me a tissue and I blow my nose. I can't help but smile. I feel as if I've just trodden a path where I thought I'd lost my way, but now I realize that it was laid out for me all the time. I've been on a journey and I think I've just arrived.

Miss Tina and Miss Connie help me up and hug me all over again. It feels wonderful. They ask me to sit between them and don't let me go back to my chair. I don't mind, though, because I feel safe with them on either side of me.

"Okay, Ruby has bravely shown all of us the second stage of recovery...grieving the loss of your childhood, your innocence. How are you feeling?" she asks me.

I feel a bit wiped out.

"I feel exhausted. Blown away. I felt like I was the parent of me."

Miss Tina takes my hand.

"You were."

"What?"

"Every human being's personality has a grownup nurturing side to it. Sometimes that nurturing part gets lost or buried, but it's still there. In order to recover from sexual abuse, or any other type of abuse, you have to rediscover that grownup, nurturing part of yourself, so that you can protect and heal yourself.

"Every child should have the type of parents who protect their children, but when that doesn't happen, the child has to learn how to provide their own safety. It's not right, but that's how it is, and if you tap into the grownup nurturing part of your personality to rescue the wounded child inside of you, you'll be free of the pain you feel, and you'll be safe. You're not dependent upon people who may let you down. You can be your own parent, and you can do this if you're able to see yourself standing next to yourself as you were as a small child. It takes some practice but you can do it, and it will fill you with compassion for yourself. It is then that you will be able to love yourself and grieve the loss of your innocence."

Miss Tina walks towards the flipchart and points to the word, "Loss."

"I think Ruby has shown us exactly what loss, or grief, feels like and how to get it out. Good job. Now all she has to do is to liberate herself, and we'll work through that after lunch. Off you go, enjoy. I hope we've got apple cobbler today." She grins at us and shrugs. "I just *love* apple cobbler!"

I don't feel at all hungry, but I go with the others to the dining room and follow them outside when they've finished eating. We sit on the beach and I hang out with the girls.

"You were amazing, Ruby," Jilly says, and the others agree.

"I was scared, but as I listened to what Miss Tina was saying about seeing myself as I used to be, something weird and very powerful came over me. I had no control of it."

"That's how it was when I did it," Erin says. "It's pretty amazing, and it makes the next bit of the recovery process easier."

"Oh?"

"Yeah, when you go through the 'Liberate' stage, you've already dealt with most of your feelings, so it's easier. It's hard to let something go if you still keep all your feelings hidden, or festering, inside you."

"How did *you* liberate yourself?" I ask, having no idea what she'll say.

She laughs. "Oh, it was cool."

"What?" I say, for I can't see anything to laugh about.

"We had a party, an 'annihilation party.'"

"A what?"

"Well, before my stepfather started molesting me, when he was trying to get close to me, he bought me a really expensive white furry toy monkey. It was beautiful. He said that it was a special toy for a special girl..." the smile slips from her face for a moment. "I hated it when he called me special.

"Anyway, during one group session I sat in the middle of the room on a sheet, which Miss Tina says is a 'safety sheet.' That's an area with imaginary walls around it that won't let any bad things, or people, come and get you while you work on your issues. I sat on the 'safety sheet' with the white monkey, a pair of scissors and a box."

I frown at her, wondering what she's going to say next.

"The monkey represented *him*, so I took the scissors and, as I thought about everything he'd done to me, I cut the monkey up into little pieces.

As I said, 'these are the hands that he touched my body with,' I cut them off and put them in the box; then I said, 'these are the eyes that he stared at my body with,' so I cut them out, then his mouth with his tongue..." She shivers involuntarily in the warm sun. "I cut a hole where his thingy was, then I cut a hole out where his heart should have been, and put all the pieces in the box."

"What did you do with it?"

"I wanted to mail it back to him with a note inside, saying, 'This belongs to you,' but Miss Tina said that I could get into trouble if I did that. She said that it could be interpreted as 'terroristic threatening,' and the purpose of the exercise was to set me free, not get me into trouble. So I wrote the note anyway, because it did belong to him, and I wrote his name on the box, just as if I was going to mail it, but then we had a bonfire on the beach and burned it. It felt very therapeutic. It was a symbolic way to hand all that mess and pain back to the person who caused it; even though it wasn't actually mailed to him, symbolically it was. That was how I liberated myself from my sexual abuse."

"Did it work?" I ask, wondering if I could do something similar to liberate myself.

She grins at me. "Oh, yes, it worked. It worked like a dream. I felt full of power while I was cutting the monkey up, whereas the whole time he was abusing me I felt totally powerless, and then watching it burn made me feel free. I got rid of it so that the pain and anger didn't eat me up. It was great."

The bell rings, and we go back into the Group Room.

"Did you like the apple cobbler?" Bradley asks Miss Tina, and we laugh as she makes murmuring noises and pats her stomach.

"Okay," she says, when we quiet down. "Now we're going to look at the last part of the recovery process...liberate," she says, pointing to the flip-chart.

"This means letting go of everything associated with the abuse, so that you can put it behind you and get on with your life as if it had never happened."

Erin speaks out. "I told Ruby what I did to liberate myself."

"Oh. Well, that's good, but just because it worked for you, doesn't mean that it'll be okay for someone else. You have to find something that's meaningful to yourself. Destroying the toy monkey helped *you* because it was his, and it was something concrete that you could touch, rather than just think about. That often helps."

I'm thinking as she's talking. I don't have a toy monkey to pull apart; I guess I could pull my Bratz doll apart, but it wouldn't mean anything to me. It wouldn't help me put everything behind me. I see what Miss Tina means; I have to think of some way of setting myself free that's meaningful to *me*. I haven't got a clue, though.

"The most powerful and liberating thing to do at this stage of the recovery process is to *hand everything associated with the abuse back to the abuser*. If you can do that, then you're free of it, and you can put it all behind you. There was one drawback with the exercise that Erin did to liberate herself; she couldn't hand it back to her abuser. She couldn't send the torn up monkey back to him because she could have gotten into trouble, and that would give power to her abuser. So although the exercise made *you* feel better, Erin, it's not going to be right for everyone. Do you understand that?"

She nods and says, "Well, it worked great for me, and burning it on the bonfire was awesome. As the smoke rose, I imagined everything that had been locked inside me was floating away."

"That's good," Miss Tina says. "Burning things associated with the abuse is a wonderful way to liberate yourself, but it still doesn't hand the abuse back to the abuser. What you need to do is to find a way to send it back to the abuser in a way that releases you, but doesn't get you into trouble."

"How?" several kids say.

"Like this."

She and Miss Connie stand up and shake out a

white sheet on the floor. "This is our 'safety sheet.' It's a space with imaginary walls around it that won't let any bad things, or people, come and get you. You're totally safe here. Ruby, come and sit on the sheet."

My stomach churns and I'm glad I haven't eaten. I sit in the middle of the sheet. Miss Tina places three ornate pots, with screw-top lids, in front of me, and I look at her, wondering what's going to happen next.

"Here are three pots: one for your dad, one for your mom and one for Jerry. I want you to list everything you feel about the part each person played in your abuse on a separate piece of paper. As you write, I want you to *see* yourself *removing* everything from inside you that's associated with the abuse you've suffered. Then when you've finished each list, take one pot to your mouth and read the list into the pot. When you're done, say, 'This belongs to you,' and then screw the lid back on so that the abuse can't escape. Then put the paper in this trash can."

She places a small trashcan next to me, and says, "Unlike Erin's liberation exercise, we are going to mail these pots to Ruby's abusers, with a note that merely says, 'This belongs to you.' Can you see how liberating this is? Your abusers cannot get mad at you because they won't know the significance of the pot, but *you* will have rid yourself of the abuse and laid the responsibility of it squarely back at the feet of the abusers, by saying, 'This belongs to you.' Then you will take the sheets of paper and throw them onto a bonfire, and just as Erin says, watch all those vile things you've written down burn and float away on the breeze. Then you'll be liberated and free."

I glance at Ryan and he smiles at me. Something dawns on me. Mom's got a pot just like the ones in front of me. It had arrived one day, and when I asked her who sent it, she wouldn't tell me. She told me not to be so nosy. I realize now that it was from Ryan, and that he's done the exercise Miss Tina wants me to do right now. Is this why he looks so different to me? Is this why he has no bitterness in his face? If it is, then I want to do it right now. I want to free myself of everything related to the abuse I've suffered. I want to be like Ryan. I smile at him and feel strong.

Miss Tina hands me three sheets of paper, a pencil and something to press on. I write "Dad" on one sheet, "Mom" on another, and "Jerry" on the last one.

As I sit in the middle of the "safety sheet," it seems as if all the kids have faded away, and there's only me and my thoughts. I scribble everything I can think of onto the sheets of paper, and the kids sit quietly in their chairs. When I've finished I put the pencil down and look at Miss Tina.

"Okay," Miss Tina says. "Are you ready to be liberated?"

I nod. "Yes, definitely."

"Whose abuse do you want to be free from first?"

"Dad's."

"Okay. Take the first pot and read from the sheet, speaking into the pot. Then when you're done, screw the lid on tight. As you say the things on the paper, try to visualize those thoughts and feelings leaving you and entering the pot."

Any other time I might have felt silly doing such a thing, but not now. I want to be rid of everything I feel about my abuse, and if this helps, then I'm going to do it.

I take the first pot and hold it to my mouth in my left hand, while I hold the sheet of paper in my right, and speak out loud.

"Dad, you hurt me."

"You betrayed me."

"You made me feel dirty."

"You scared me."

"You tricked me into believing that I was special to you."

"You took away my self-esteem."

"You stopped me from trusting anyone."

"You made me feel alone."

"You lied about me and let me take the blame."

"You made my sister hate me."

"You made me mess up my schoolwork."

"You made me let myself get fat."

"You made me neglect my hygiene."

"You were the reason I was bullied at school."

"You made me feel ashamed."

"You made me doubt myself."

"You made me believe that it was my fault."

"You stopped loving me."

"You left me and stopped being the dad I adored."

"You broke my heart."

I finish speaking into the pot, and I glance at Miss Tina before grabbing the lid and screwing it up tightly, and say, "Dad, this belongs to you."

"There," Miss Tina says. "All your thoughts and feelings about your dad and what he did to you are safely packed away, and you can now send them back to him."

She hands me a small box. I put the pot inside it, and write, "To Dad," on the outside of the box.

"Good job," Miss Tina says, and all the kids clap and cheer. I feel a big smile on my face. "Whose abuse do you want to get rid of next, Mom's or Jerry's?"

"Jerry's."

I take the next pot and start speaking into it.

"Jerry, you disgusted me."

"You terrified me."

"You threatened me."

"You belittled me."

"You laughed at me when Mom wasn't looking."

"You lied about me."

"You made me scared of men."

"You stopped me from sleeping properly."

"You stopped me from eating properly."

"You made me feel as if I didn't have a home."

"You made me feel powerless."

"You made me feel hatred."

"You made me want to die."

I pick up the lid and quickly screw it up tightly, and Miss Tina hands me another box. I put the pot into it, and say, "Jerry, this belongs to you." Then I write, "To Jerry," on the box and Miss Tina takes it from me.

"Good job," she beams at me, and the kids clap again. "Okay, now for your mom's pot."

I take the last pot and I have tears in my eyes. It dawns on me that I didn't cry when getting rid of my thoughts and feelings towards Dad and Jerry. It seems as if Mom's abuse of me hurts more, and I don't know why. I blow my nose before I begin to talk into the pot.

"Mom, you hurt me so badly."

"You made me wish that I'd never been born."

"You betrayed me."

"You didn't believe me."

"You blamed me for everything."

"You didn't protect me."

"You didn't help me."

"All you cared about was living the high life."

"You called me a liar."

"You didn't love me."

"You didn't love Ryan or Rachel either."

"You were weak and cared more about men than us kids."

"You didn't care about Dad after he was sent to jail."

"You placed me in danger by leaving me alone with Jerry."

"You didn't care what happened to me, or to us."

"You refuse to accept the truth."

"You've abandoned me...us."

As I speak into the pot, my voice falters and tears flow down my face. I don't know why it should be that I feel more hurt by the things Mom did to me than Dad or Jerry, but I do. I feel that she should have protected us, and even if she couldn't, then she should have believed Ryan and me when we told her what was happening in our home. I blow my nose yet again and pick up the pot.

"Mom, what you did hurt more than what Dad and Jerry did. All these things belong to you."

I screw the lid on tightly and, as Miss Tina hands me the last box, all the kids cheer. Ryan runs over to me and hugs me, like he did earlier. I smile through my tears. I love him so much. He really knows how I feel.

I look over his shoulder and see Miss Connie clapping, too, and there's something wonderful in her face that I can't quite place. I stand up and all the kids come over to me, hug me, and pat my back.

As they go back to their chairs I feel exhausted but serene. I did it. I'm proud of myself. It wasn't easy, but it wasn't as hard as I thought it was going to be, either.

Chapter Twelve

Miss Tina and Miss Connie stand and fold the "safety sheet," now that I no longer need it. I don't think I've ever felt so safe in my whole life.

Miss Tina tapes up the three boxes and begins to write the addresses on each one.

Miss Connie tells me to go with her, and I follow her out of the building to her car, with the three boxes in a bag.

"It's important that *you* mail them, so that you can experience having 'sent back the abuse to its rightful owner.' It's not good enough to let someone else mail them; *you* have to do it, and when you do, you'll feel powerful, and the responsibility for the abuse will rest with the abusers, not you."

We stand in line at the Post Office and my stomach churns. What will Mom say when she gets yet another of these pots? Will she question their significance? I don't know. Probably not, but that doesn't matter to me. All I care about is freeing myself from all my thoughts and feelings about the abuse I've endured. I want to look as carefree and calm as Ryan does. I feel very tired, but I also feel wonderful.

As I put the three boxes on the counter, the assistant asks me if there's something valuable inside them, and I glance at Miss Connie. I tell him that they're very valuable, and he charges us more money to insure them.

I feel awkward as Miss Connie pays the money, and I tell her how I feel as we get into the car.

"Sweetheart, don't you worry about how much it cost to send them. What's inside those pots is priceless, infinitely valuable. You need to know that they reach their destination. And don't think about the financial cost to send them, just think about the cost in human suffering and the cost of your bravery. It's cost you a lot to send those pots, and money can't buy what you've just done. I'm so proud of you, sweetie."

"Thanks," I say, feeling pleased, but a bit sheepish.

When we get back to Beach Haven, we go back to the Group Room but no one's there. The double doors are open and I can hear seagulls screeching outside. I follow Miss Connie outside, and we head towards the beach.

All the kids are stacking driftwood in the shape of a pyramid.

"Hey, Ruby," Erin calls, as we plod over the loose sand. "We're having a bonfire for you. This is an awesome thing to do. It's so cool, and it'll make you feel great."

Miss Tina comes over to us and says, "So, you sent your abuse back to your abusers, right?"

"Yes."

"How d'you feel?"

"Great. Mom will have a matching pair," I say, without laughing. "I doubt that she'll 'get it,' though."

"That doesn't matter," Miss Tina says. "The whole point is to rid yourself of the pain you feel, and to lay the responsibility of the abuse at your abusers' feet, so that you feel free and won't grow into an adult who's bitter. It's not up to you whether your abusers will ever grow enough to accept what they did and learn from it. You can't change other people; you can only change yourself and the way you feel about things."

I nod, trying to take in what she's saying.

The kids poke the fire until it's a pile of red-hot embers. Miss Tina ushers us into a circle around the fire, and then speaks up, competing with the screeching seagulls, to be heard.

"Ruby is almost at her journey's end. She just has to watch all the vile things that have happened to her burn and drift away in the smoke. Are you ready to let them go, Ruby?"

I feel a bit apprehensive but I'm desperate to rid myself of anything related to the abuse I've suffered, so I tell her that I'm ready.

All the kids link hands. They push me inside the circle and I stand there surrounded by lots of people who care about me and know what I've been through. I feel safe.

Miss Tina says, "Take each sheet separately and, before you throw it into the fire, say, 'This does not belong to me, and I choose to get rid of it.' Then throw it into the fire and watch the smoke rise and drift away, taking with it the feelings you want to get rid of."

I take the sheets of paper and separate them out. I choose Jerry's sheet first, I step forward towards the fire, and as I let it fall into the red-hot embers, I say, "Jerry, this does not belong to me, and I choose to get rid of it." The sheet of paper blackens immediately and curls into charred ash that floats away in the sea breeze. A wisp of smoke rises from where the paper burned, and I imagine my feelings towards Jerry floating away with the smoke, as it dissipates into the breeze.

Next, I take the sheet of paper titled "Mom," and, saying the same words, I drop the paper into the fire and watch the smoke drift away.

Lastly, and with a sense of control that gives

me strength, I look at all the things on the sheet of paper titled "Dad." I know that this is the moment when I'll be as free as Ryan is. I know that bitterness won't live in my heart and I *will* be able to go on from this. I know that I'll flower despite my flowerpot having had choking weeds and thistles in it.

"Dad, this does not belong to me, and I choose to get rid of it," I say, slowly and deliberately, so that it sticks in my head for all time. I loved my dad so much but he wasn't a good apprentice gardener, he was a weed, a thistle, who didn't care if he choked me and my brother and sister.

I drop the sheet of paper into the fire, and as it disintegrates into nothing but a trailing wisp of smoke that we can barely see, I feel amazing. I feel liberated. Ryan beams at me and suddenly everyone drops hands and comes to give me a hug, telling me what a good job I've done.

I feel ecstatic and the feeling lasts all day and night. I would never have believed when Marge first brought me here a few weeks ago that I would ever be able to face what's happened to me, let alone embrace it and dare it to defeat me. I've defeated *it*, and for the first time in four years I feel good about myself, and I feel in control. I'll never be a victim again.

I find it hard to fall asleep and several times I get up. I stand at my open window and look out to sea, listening to the waves rolling up the shore.

There are lights on the horizon from boats moored out in the cove. I doubt if they feel as free as I do right this minute. I go back to bed and toss and turn some more, but too soon it's morning.

I feel starved and all but run down the stairs at breakfast time. The dining room is buzzing with chatter, and I add to it. I feel really animated and I don't know where my energy has come from. As I eat my eggs, the girls at my table talk over each other, and I sit back and listen to them. My thoughts drift. I wonder if the look on my face resembles the look on Ryan's face, the one I noticed when I first got here. His face has no bitterness in it, and he has so much energy in him. He has permission from somewhere deep inside him to have fun and to be free. I don't have a mirror, but if I did, I think I would see the same look on my face.

Miss Tina lets us spend most of the day on the beach to "rest and grow." I hang out with the girls and we talk about all kinds of things, and most of them have nothing to do with being sexually abused. Only Joelle steers the conversation back to it, and she says that she's having a hard time and doesn't know how she'll ever get over it. I don't know what to say to her. To be honest, I don't want to hear about it. There are more important things to talk about...what we're going to do in the future, where we're going to go, and who we're going to meet. I don't want to focus on what my dad and Jerry did to me. Since "losing it," experiencing my loss and liberating myself, I don't feel the need to dwell on my abuse. Now, I think I understand how some of the kids say it's like talking about the weather. They're not fazed by it, and they're bored if you keep on about it. I feel really lucky that Miss Tina and Miss Connie chose me to illustrate how you get over sexual abuse, because I don't feel the need to sit here and go on about it, like Joelle does. I feel for her, though, as she's still at a place where she needs to vent. She's still at a place where she believes that she'll never get over it.

I fall asleep under the warm sun and feel at peace with the world. Erin shakes me later and tells me it's time for dinner. I follow her inside with my face sunburned.

After dinner we go to group and Miss Tina says, "The most important thing about recovering from being sexually abused is to realize that although a part of your life has been messed up, you still have a bright future ahead of you. If you can't go through the three stages of recovery, you could mess up your future. If all you do is focus on the abuse, you'll never be free to live your bright new future."

"And flower as the Head Gardener intended," I chip in.

Erin whispers in my ear. "So she told you that story, did she?"

I grin at her.

Miss Tina picks up some papers and says, "I've got a story to help you understand what I'm getting at. It's called, 'The Barren Patch.' Are you all sitting comfortably?" and when we say, "Yes," she adds, "Then I'll begin."

• • • •

Far, far away in the land that bobbed in and out of view depending upon the sea mist, the Gods of the Trees looked upon their land. It stretched far and wide, as far as they could see.

Beneath their trees lived a race of simple folk who worked together to farm the village field in order to feed their families. They learned from their fathers who taught them the ways of the earth.

Across the river lived another tribe who lived in a dry and barren land. They hunted but weren't able to farm or grow food to feed their families. One winter they ventured across the river, starving and cold, begging their neighbors to feed them and to save their people.

As the farmers welcomed their neighbors into their midst, the Gods of the Trees smiled at their compassion and were determined to reward them. They looked at the farmers eking out a living from just one field, and seeing their land looming far and wide in front of them, they decided to split it up into individual fields where each farmer could farm his own and produce bountiful harvests to feed their families.

The farmers were ecstatic, having been given the means to live a fruitful life. Two young farmers, who were about to marry their sweethearts, were also given fields of their own, and they congratulated each other and dreamed of the day when they too could raise a family and feed them with their own bountiful harvest.

But as they began to plow their fields they came across a barren patch, where disease had obviously blighted the earth. That night as all the farmers met in the local tavern, they listened to the others talking about how they'd plowed every square inch of their fields and had hopes of a fine harvest.

"It's not fair," the two young farmers complained to each other. "How come everyone else has a perfect field and we don't? What kind of gift from the gods is that?"

The older farmers heard them berating the gift the gods had given them and said, "No, it can't be true. The Gods of the Trees wouldn't give you a gift that you couldn't use to produce a bountiful harvest."

But the young farmers insisted that their fields were blighted with a barren patch, where nothing would grow.

The next day all the farmers trekked through

the fields inspecting each others' fields. Although the fields were different shapes, all were fertile and capable of producing a bountiful harvest so that the farmers could feed their families. When they walked through the two young farmers' fields, they came across the barren patches.

"Oh my," they said, "what has happened here?"

"It looks as if the earth has been blighted with disease."

Each of them was secretly relieved that they had not been given those fields by the Gods of the Trees, but in order to try and make the two young farmers feel better, they said, "Never mind, you can still grow food with which to feed your families."

"How?" demanded the first young farmer. "My field is blighted. I can't be sure that it will ever be able to produce a bountiful harvest, so I'll have to call my wedding off. My life's ruined."

He stomped off, cursing as he went.

The second young farmer, looking at his barren patch, felt despair. He too had hoped to get married and raise a family, but with his friend's words ringing in his ears, he believed that he'd have to call his marriage off, too.

His father, a wise man, said, "Son, I don't know why the gift the Gods of the Trees have given you isn't perfect, but don't despair. There's plenty of good land in your field with which to feed a family.

Don't focus upon what you don't have, or the fact that it isn't perfect; focus upon what you do have. You can still produce a bountiful harvest with which to raise a family."

But the second young farmer couldn't see the rest of his field. All he could see was the barren patch, and bitterness lodged in his heart. The other farmers left him to tend to their fields, as he complained about life being unfair.

That night he and the first young farmer sat together in the tavern, berating the Gods of the Trees for the cruel blow they felt had been dealt to them. They lamented about the loss of their sweethearts and the fact that they'd never be able to raise a family as all the other farmers could. As one bewailed his lot, so the other's mourning grew.

The other farmers began to avoid them, for they chose to focus upon the barren patch rather than harvesting the rest of their field. Time and time again the other farmers had tried to talk to the two young farmers to help them to see that although their field wasn't perfect, they could still marry their sweethearts and raise a family, as every other farmer had. But the two young farmers, encouraged by each other to focus on the wrong that had been done to them, ignored their words.

Each day they stood in front of their barren patch and despaired, and their sweethearts were brokenhearted.

The Gods of the Trees watched as the two young farmers failed to plow their fields or to believe that their fields could be as good as all the other farmers' fields.

"What shall we do?" the gods asked each other.

"One of us will have to journey among the farmers, and help them to see that although their field isn't perfect, it is still a gift and can produce a bountiful harvest, so that they can marry and raise a family as they wish."

They sent the youngest god down from the trees, and he set off towards the fields.

The farmers were used to strangers passing through, those who were hungry and weary from travel, and so they invited him into their midst. At night in the local tavern, he sat among them and listened to their stories about plowing the fields he, and the other gods, had given them. He hid a smile as the farmers gave him a crust of bread made from their finest wheat.

Just then the two young farmers entered the tavern and sat at the same table.

"You don't know how lucky you are," they said to the other farmers. "Your fields will yield wheat so that you can make fine loaves of bread. Ours have a barren patch, where the earth is blighted by disease. Our fields aren't perfect like yours. I doubt that our fields could ever produce fine wheat like yours."

The young god raised an eyebrow, and said, "Oh, really?"

"Yes," the two young farmers bristled, feeling challenged. "We were sold short by the Gods of the Trees. Our fields weren't perfect like everyone else's. So now our lives are ruined."

"Oh, really?" he asked again.

"Yes! It's not fair," said the first young farmer.

"But weren't you given the gift of a field so that you could produce a bountiful harvest?"

"Um, well, yes, but what use is a field that's blighted with disease?"

The second young farmer agreed.

The young god ate from the crusty loaf and said, "I'd like to see your blighted fields, if I may?"

"Yes, of course, then you'll see what we mean. It's not fair that our fields aren't as perfect as everyone else's."

They arranged to meet in front of the tavern at daybreak.

The next morning the young god followed the two young farmers past all the other perfect fields, until they reached their two fields.

"See!" the first young farmer said triumphantly, making his point as he stood by the barren patch. "Look at it. How can I hope to grow a bountiful harvest and have a good life?"

The second young farmer looked at his barren patch and echoed the same, though with less conviction, as his father's words stuck in his head.

The first young farmer spent the whole day berating the gift the Gods of the Trees had given him, and the young god became tired.

"I guess you're right," he said, walking away, leaving the first young farmer bewailing his lot, being blind to the possibility that the rest of his field could yield a bountiful harvest.

The young god was weary and the second young farmer sensed it. They slumped under a tree, and the young farmer offered the stranger some ale made from his father's wheat.

Feeling refreshed, they walked towards the second young farmer's barren patch. "This is it," he said with resignation in his voice.

"But it's just a barren patch," the young god cried. "That's all. Look at the rest of your field. Look at how much you have. You can produce the same bountiful harvest as all the other farmers if you focus upon the rest of your field, instead of the barren patch."

There was something in the stranger's voice that sounded like his father, who had said the same, and the young farmer said, "Really?"

"Yes, of course. Come with me."

The young god revealed his true self and took the young farmer by the hand into the nearest tall tree. As they sat there admiring the view, the young god said, "What do you see?"

The young farmer looked around him, high above his field, sitting in the tall treetop. He couldn't believe what he saw. He saw everything. Beneath him he saw his father's field, his uncles' and cousins' fields. He saw that they were different shapes but that they were fertile. Then he saw his friend's field, and being high up in the tree, he saw from a distance that his friend's field was as fertile as everyone else's, even though it had a tiny barren patch in it.

"Look at your field. See how fertile it is," the young god said. "Yes, you have one barren patch in it, but look at the rest of it. You can produce a bountiful harvest in your field, despite having a barren patch."

As he sat in the tall tree with the young god, the second young farmer looked at his own field, and he knew that what the young god had said was the truth. His field was lush and ready to produce a bountiful harvest, even though there was a tiny barren patch that, when viewed from such a height, was almost insignificant.

The young god continued, "You have been given a gift from the Gods of the Trees. There's no reason why your field isn't as perfect as the others; that's just how it is. But you have the same ability to produce enough food to feed your family as everyone else. Focus on the good things you have, not on the bad things. Don't focus upon the barren patch in your field."

He smiled at the young farmer. "Why don't you use the barren patch to make a compost heap?"

The young farmer looked at him quizzically.

"Use your barren patch to make something fertile."

"What? How?"

"Every field needs fertilizer to flourish and produce a bountiful harvest. The other farmers don't have a barren patch, so if they try to make a compost heap, they'll have to use some of their precious fertile land, and they may not want to. That means that they may not end up with such rich soil, as you will have. Do you understand?"

The young farmer felt faint and hung onto a branch as he looked out over his field, which from that height looked as fertile as every other farmer's field.

"You have the opportunity to use a barren patch of land for good use. You can use it to build a massive compost heap that will fertilize your field forevermore. Your field will be the most fertile field in the land, and you will have the most bountiful harvest."

As the young farmer wiped a tear from his cheek, the young god took his hand and they drifted towards the town.

When their feet touched the ground, the young

farmer ran towards his sweetheart's house, ignoring his friend who wanted to bewail his lot by saying how unfair the Gods of the Trees had been towards him.

The young god slipped behind a tree and soared into the sky to find his friends, his work done.

Years later the second young farmer watched his friend with sadness in his heart, as over the years he neglected his field because he chose to focus upon his barren patch. His friend had no bountiful harvest and he had never married his broken-hearted sweetheart, so he had no family to bring joy into his life.

The second young farmer grew into a wise old man, who sat beneath his porch with his wife and children around him. He told the story of the barren patch, and how the stranger had helped him see that his field could be even more fertile because of his barren patch.

• • • •

Miss Tina puts her papers down, and says, "Do you understand what it means?"

Erin says, "Yes, if you focus only on what's been done to you, you'll never be able to live a full life."

"You'll be bitter and twisted like the first young farmer," says Bradley.

Miss Tina says, "The fields are your life. Life is a gift. Even though your life may not be perfect, and you have had a horrid 'barren patch' in it, there is no reason why the rest of your life can't be fruitful. Use your 'barren patch' to make your life richer. As the young farmer sat in the tall tree, he was able to see things in perspective. That's the same as you learning to work through your abuse, so that you can move on and live a wonderful life, as God intended you should.

"Try and imagine building a huge compost heap on your 'barren patches.' Put every vile thing that's happened to you onto it, and watch it rot away. You can use this bad experience to become a richer person, someone who has strength, and who is emotionally healthy. Your field, or rather, your life, is *not* ruined just because you've got a barren patch in it. Be like the second young farmer and not the first," Miss Tina says, smiling at us.

I go to bed feeling glad that I've been allowed to come to Beach Haven, because if I hadn't, then I might have turned out like the first young farmer, and I wouldn't want that to happen.

• • • •

A week later Miss Tina calls Ryan and me into her office, and Marge is sitting there.

"Well, I'm sorry, but your mom chose Jerry," Marge says.

I shrug. "I knew she would," is all I can say.

"What happens now?" Ryan asks.

"I've found a foster home for you both," Marge says, "one where you can be together."

"Cool," Ryan says.

I feel a bit apprehensive. I've never been fostered before and I'm scared. I don't know what to expect. Still, if Ryan's with me, it'll be okay.

Marge tells us that she'll be back later to drive us to our new home, and I feel a flash of panic. I'm not sure if I'm ready to leave, but Miss Tina smiles at me, and says, "Sweetheart, you'll be fine. You've worked so hard. It's time now to go and look at the rest of your field; to see how good it is."

Marge shoots her a glance and looks confused. She makes me grin.

I feel sad as I pack up my things, and the girls hug me, which makes me feel sadder. I can't eat any lunch as I have a big lump in my throat.

I hang out with the others on the beach, waiting for Marge to come back, and my heart feels heavy. I don't want to leave this place; it's so beautiful, and it feels so safe. I don't know where I'm going, and even though Ryan's going to be with me, the foster parents will be strangers. I know I'll be too wary to trust them, especially the foster father.

I pray for the minutes to drag by so that I can soak myself in the sights and sounds around me, but all too soon a kid comes to tell me that I've got to go inside.

I'm crying by the time Marge pulls away, and I can't stop, even though Ryan pats my hand as if he's older than me.

"It'll be okay, Ruby," he says. "At least we'll be together. You watch out for me, and I'll watch out for you, okay?"

I nod miserably.

Marge doesn't seem to take my misery seriously, and says, "Oh, you'll be okay."

"How do you know?" I think, but I don't say anything.

She pulls into a drive and says, "Here we are."

I feel sick with anxiety as we get out of the car and she opens the trunk for us to get our things.

"Come on," she says, as she walks towards the door and rings the bell, while we hang back. "Come on."

I stand next to her, feeling awful. I need the bathroom. I don't want to go into a stranger's home. I want to go back to Beach Haven; that's become my home.

It seems ages before someone comes to open the door. My stomach churns as I see a figure through the stained-glass window in the door coming towards us.

But as the door opens, my heart soars. It's Miss Connie.

"Cool," Ryan says, grinning.

I can't help myself; I cry with relief. I love Miss Connie.

She hugs us both and suddenly I'm laughing.

Marge says, "See, I told you it would be okay." She digs me in the ribs.

"You!" I say back.

Miss Connie ushers us into her living room and we all sit down. I can hear her daughter in the kitchen.

"Ever since I lost my beautiful girl, I've wanted to give a home to kids who suffered as she did and weren't believed. You'll be quite safe here...there's only me living here now."

Her daughter must be visiting then.

"I want you to know that if anyone touches you or makes you feel uncomfortable at school, or anywhere else, come and tell me and I *will* believe you, okay? Oh, good, here come the drinks and cookies," she says as the kitchen door opens.

I gasp, for standing in the doorway holding a large tray is Rachel, wearing a massive grin on her face.

"Surprise!" Marge and Miss Connie say together, laughing.

About the Author

Dr. Celia Banting earned her Ph.D. by studying suicide attempts in adolescents and developing a risk assessment tool to identify those young people who may be at risk of attempting suicide. She identified several risk factors which, when combined, could increase the likelihood of an individual attempting suicide. Rather than write "how to" books or text books to help teenagers cope with the risk factors, Dr. Banting has incorporated therapeutic interventions into novels that adolescents will be able to identify with. These novels are designed to increase the adolescents' ability to take care of themselves, should they have minimal support in their families.

Dr. Banting's career has revolved around caring for children in a variety of settings in both the United Kingdom and the United States. She is dedicated to helping troubled children avoid the extreme act of suicide.

WIGHITA PRESS ORDER FORM

Book Title | **Price** | **Qty.** | **Total**

I Only Said I Had No Choice
ISBN 0-9786648-0-9 $14.99 x ____ $________
Shane learns how to control his anger and make positive life choices; and he gains understanding about adult co-dependency.

I Only Said "Yes" So That They'd Like Me
ISBN 0-9786648-1-7 $14.99 x ____ $________
Melody learns how to cope with being bullied by the in-crowd at school and explores the emotional consequences of casual sex. She raises her self-esteem and learns what true beauty is.

I Only Said I Couldn't Cope
ISBN 0-9786648-2-5 $14.99 x ____ $________
Adam learns how to deal with grief and depression. He works through the grieving process and explores his perceptions of death and life.

I Only Said I Didn't Want You Because I Was Terrified
ISBN 0-9786648-3-3 $14.99 x ____ $________
Hannah experiences peer pressure to drink alcohol. She learns about teenage pregnancy, birth, and caring for a new baby. Hannah faces the consequences of telling lies and learns how to repair broken trust.

I Only Said I Was Telling the Truth
ISBN 0-9786648-4-1 $14.99 x ____ $________
Ruby embarks upon a journey to rid herself of the damaging emotional consequences of sexual abuse.

Sub Total $________

Sales Tax 7.5% ($1.13 per book) $________

Shipping/handling $________
1st book, $2.50; each add'l. book $1.00 / U.S. orders only.
(For orders outside the United States, contact Wighita Press.)

TOTAL DUE $________

PLEASE PRINT ALL INFORMATION.

Customer name: ______________________

Mailing address: ______________________

City/State/Zip: ______________________

Phone Number(s): ______________________

E-mail address: ______________________

Make check or money order payable to Wighita Press and mail order to: P.O. Box 30399, Little Rock, Arkansas 72260-0399

Look for us on the web at: www.wighitapress.com (501) 455-0905